[美]威尔·詹姆斯/著
马文康/译
南来寒/主编

纽伯瑞儿童文学奖获奖作品精选 3

牧牛马斯摩奇

南京大学出版社

图书在版编目(CIP)数据

牧牛马斯摩奇 / (美) 威尔·詹姆斯著；马文康译. -- 南京：南京大学出版社，2018.1
(纽伯瑞儿童文学奖获奖作品精选 / 南来寒主编)
ISBN 978-7-305-18869-5

Ⅰ. ①牧… Ⅱ. ①威… ②马… Ⅲ. ①儿童小说-长篇小说-美国-现代 Ⅳ. ①I712.84

中国版本图书馆CIP数据核字(2017)第150913号

出版发行　南京大学出版社
社　　址　南京市汉口路22号　　邮　编　210093
出 版 人　金鑫荣
项 目 人　石　磊
项目统筹　刘红颖

丛 书 名　纽伯瑞儿童文学奖获奖作品精选
书　　名　牧牛马斯摩奇
著　　者　[美] 威尔·詹姆斯
译　　者　马文康
主　　编　南来寒
责任编辑　丁　群　宋冬昱
责任校对　曹　丹
终审终校　黄　睿
装帧设计　古久文

印　　刷　江西华奥印务有限责任公司
开　　本　889×1320　1/32　印张 5.625　字数 127千
版　　次　2018年1月第1版　2018年1月第1次印刷
ISBN 978-7-305-18869-5
定　　价　26.00元

网　　址：http://www.njupco.com
官方微博：http://weibo.com/njupco
官方微信：njupress
销售咨询热线：(025) 83594756

★ 版权所有,侵权必究
★ 凡购买南大版图书,如有印装质量问题,请与所购图书销售部门联系调换

纽伯瑞儿童文学奖(Newbery Medal),又称纽伯瑞奖。1922年由美国图书馆学会(American Library Association)的分支机构——美国图书馆儿童服务学会(Association for Library Service to Children)创设,旨在表彰那些为美国儿童文学做出杰出贡献的作者们。该奖每年颁发一次,专门奖励上一年度出版的英语儿童文学优秀作品。每年颁发金奖一部、银奖一部或数部。自设立以来,已评出数百部优秀的儿童文学作品。纽伯瑞儿童文学奖已成为美国乃至世界公认的儿童文学大奖。

内容简介

　　这个故事讲述了传奇良驹斯摩奇的一生。斯摩奇本是一匹野马，出身荒原，过着自由自在的生活，后被好心牛仔克林特驯服，成了一匹出色的牧牛马。斯摩奇天资聪颖，勤学擅思，很快就在当地名噪一时，但这也引来了众人的觊觎。有一天，他被人偷走了，随着主人的几经更换，斯摩奇也历经种种境遇。已近暮年的他，却阴差阳错与最初的主人再次重逢，在克林特的照顾下，最终得到了救赎。

目 录

第一章　天降神驹	1
第二章　初遇人类	15
第三章　岔路口	27
第四章　绳子那头	39
第五章　牛仔出马	49
第六章　吱吱作响的皮革	59
第七章　患难见真情	71
第八章　斯摩奇出动	81
第九章　为斯摩奇而战	93
第十章　远走他乡	107
第十一章　陌生人	121
第十二章　灰暗的心	135
第十三章　任人骑乘	149
第十四章　守得云开见月明	161

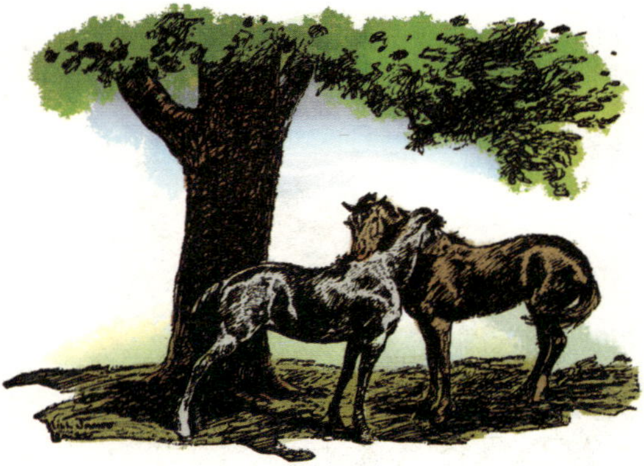

第一章　天降神驹

黑黢黢的小马驹降生的那天，自然母亲似乎特别和蔼可亲，天气格外晴朗。牧场的草地上，小马驹伸展开长长的腿，跟跟跄跄地想要站起来。新绿的草地卖力地从去年的枯黄里钻出嫩芽，迎接和煦阳光的普照。春日的清晨，在这个阳光照耀下的低平的小山丘，小马驹斯摩奇降生了——这看得见、摸得着、闻得到的一切都美好极了。

现在"斯摩奇"这个名字似乎还不太适合他，因为他的皮毛是墨黑色的。等他长到四岁大，第一次成为一匹坐骑时，人们才这么叫他。这会儿的他多么自由啊，不用透过马厩的窗户就能看见清晨的第一缕阳光，也没有人围着他大呼小叫，斯摩奇现在只是一匹小野马，在他生命的第一个清晨，陪伴他的只有他亲切的妈妈。

斯摩奇刚降生就对周围的事物产生了浓厚的兴趣。春光和煦，照得他乌黑光滑的身躯暖暖的，不一会儿他就打起盹来，用鼻子去嗅妈妈颀长的腿。守护在一旁的妈妈也嗅了嗅他短小的脖颈，轻轻嘶鸣着。斯摩奇循声把脑袋抬高了两英寸，想嘶鸣一声回应妈妈。只有你靠得足够近才能听到那声音，但是光看他鼻孔不停地扇动你就知道是怎么回事啦。

这就是斯摩奇生命的伊始。很快，他的耳朵就能循着妈妈走路时发出声音的方向前后转动，他靠这种方式辨别妈妈在哪。突然，有什么东西从他鼻尖一英尺远的地方一闪而过；斯摩奇这会儿看东西还不是很清楚，加之他也兴趣不大就没予理睬。可是那东西又动了一下，而且靠得更近了。

斯摩奇嗅了嗅这个近在咫尺的物体。这一嗅在他的脑海里留下了印象，也告诉他一切安全，那只是妈妈的一条腿。他竖起耳朵，又试着嘶鸣了一声，效果比第一次好多啦。

受本能的驱使，斯摩奇扭动身体想要站起来，可是他的腿不听使唤；肚皮刚刚离开地面可前腿摇晃了下，关节打了个弯儿，他又跌倒在了草地上。

他侧躺在那，喘着粗气，妈妈嘶鸣着给他鼓励。过了不一会儿，他又一次抬起头来，四仰八叉——像上次一样，他又跌倒了。他还会继续尝试，下一次他就能多懂得一点窍门。他似乎在认真琢磨，嗅嗅腿，又嗅嗅地面，想着到底怎么才能站起来。妈妈在他身边兜着圈儿，用马的语言柔声劝慰，用鼻子轻轻推搡鼓励他站起来，然后走开，只在一旁默默注视着他。

春天有种魔力，造福着所有年轻的生命。小斯摩奇躺久了，他的眼睛渐渐变得明亮，力气也增长得很快。不远处（对斯摩奇来说还是有

点远）的草地上，一群小牛犊正在嬉闹。他们长着白色的脸，瞪大了眼睛看着各自的妈妈，尾巴竖得老高，一会儿跑开，一会儿又跑回来，快得呦，连灰猎犬也自惭形秽。

周围还有其他的小马驹正追逐嬉戏，踢蹬着草皮。别看这些小牛犊小马驹现在这么欢实，他们也经历过斯摩奇正经历着的无助。有些甚至还不像斯摩奇这般幸运，他们降生的时候原野上可能还覆盖着皑皑的白雪，又或是料峭的春雨冷得彻骨。

斯摩奇出生前，他的妈妈就悄声离开了马群，找到一处偏僻的地方，远离其他牲畜甚至是骑手的打搅。再过几天，等到斯摩奇足够强壮，能够大步跑跳了，她就会再回到马群中去。但是这会儿，她只想跟自己的孩子单独在一块儿，全身心照顾他，以免好奇的骟马和嫉妒的母马寻衅滋事。

斯摩奇的妈妈有着原野的血统，严冬到来的时候，四野被厚厚的积雪覆盖，她知道哪处劲风吹不到的山脊上能够找到草料；干旱降临的时候，草木枯凋、水洼干涸，她能嗅到空气中的水汽，迈过原野，到高山上去寻找水源。高山上卧居着狮子，拐角处又有豺狼觊觎，但是她靠着野马的本能生存着，一次也没栽过跟头。

斯摩奇也遗传了妈妈的这种本能，只是在这个宁静的春日，他还不需要对敌人担惊受怕，他的妈妈在旁边守护着他，况且眼前还有更艰巨的任务在等待着他，那就是怎么才能靠四处叉开的腿支撑自己站起来。

要做就再尝试一次，斯摩奇并拢四条腿，这倒是容易。接下来，他顿了顿，汇聚起全身所有的力气。他嗅了嗅地面，仰起头来，两条前腿伸展开去，后腿撑在身子底下，接下来，他使出积攒着的全部气力将自己的身躯挪向前腿，后腿直立起来支撑整个身躯。幸运的是，四条腿间的距离刚好能使他站住，他要做的就是把腿挺直了别打弯儿，这可不是件容易的事，站起来的过程耗费了他太多力气，他的四条腿止不住地打颤。

要是这时妈妈能在耳边夸他一句"干得不错，好孩子"该有多好，可正是这个骄傲的念头坏了事。他像孔雀一样得意地仰着头，从支撑他的四条腿上分了神儿，结果又像前几次一样，重重地摔在了地上。

但是这次他没躺多长时间。他要么是喜欢上了这起起落落的游戏，要么就是恼羞成怒。他又一次试着站起来，身体剧烈地摇晃着，但最终他还是站住了。

妈妈走过来嗅了嗅，斯摩奇也嗅了嗅妈妈，开始第一次喝奶。他的胃暖和起来，力气也恢复了。出生一个半小时之后，斯摩奇能稳稳当当地站起来了！

这一天剩下的时光对斯摩奇来说充满了新鲜，他探索了整片儿"田野"，爬上了两英尺的高山，跨过了八英尺宽的峡谷，有次他还自个儿跑到了离妈妈十二英尺远的地方。

当太阳落到了西天蓝色山脊的后面，小斯摩奇没能欣赏到它生命中第一个黄昏的美景，他伸展着四肢——这次可是他自愿的——安逸地进入了梦乡。

与白天相比，夜晚的景色丝毫不逊色，繁星都显现出来，竞相闪耀。勇士们在附近捕猎水牛，但是这些斯摩奇都全然不知，他还在熟睡，经过了一天的冒险可得好好休息一下。斯摩奇本来能睡好长一觉儿呢，可是在一旁看守的妈妈靠得太近一不小心踩了他的尾巴。

这一踩让斯摩奇做起了噩梦。他本能地在脑海中描绘出了敌人的样子，一只狼或是一头熊把他堵到了角落，踩住了他的尾巴，该是时候行动了。

他纵身一跃，撞上了妈妈的下巴。他发出一声嘶鸣，准备展开殊死搏斗。他四下搜寻敌人的踪影，却只看到了妈妈的身影，这意味着——他安全啦。经过这么一折腾，小斯摩奇有点饿了，他想立刻饱餐一顿温热、醇甜的乳汁。

东方的天空露出了鱼肚白，星星的光芒开始隐退，水牛捕手也都纷纷睡去。

离斯摩奇从噩梦中惊醒已经过去了几个小时，这会儿他又睡着了。他已经错过了第一个黄昏，又在睡梦中错过了第一次日出。但是没关系，他为新一天的奔跑做好了准备，一夜的酣睡加上美美的饱餐定能让他精神百倍，纵情驰骋。

日头升得高了，晒得暖烘烘的，斯摩奇醒了过来。他动了动两只耳朵，深吸一口气，伸了个懒腰。在妈妈的召唤下，他抬起头，四下看了看，然后站了起来。斯摩奇垂下脖子，又抻了抻慵懒的身体——新的一天开始了。

喂过早餐后，妈妈也去吃草了。她径直走向南边一英里外的几棵大树，树旁有一眼清泉，妈妈渴极了，想啜饮那甘洌的泉水，可她走路时一点儿也没显出着急。

斯摩奇对路途上投下影子的一切事物都要探索一番，妈妈就用鼻子在草地上四处嗅嗅，等待着斯摩奇赶上来。

一只小棉尾兔跳到了他的鼻子底下，站在那害怕得不知所措。一会儿，他又在小马驹的四条腿间蹦跳起来，想找到自己的窝儿。

斯摩奇还没见过兔子呢，他甚至都没留意身子底下的这个小家伙，要不然他可能早就害怕地跑出去了。现在只差一个契机让小斯摩奇跑起来了。正巧，一根长长的枯草搔了搔斯摩奇的肚皮，他嘶鸣一声，跑了出去。

他的四条腿自如地交替，越跑越快，朝着与妈妈相反的方向飞奔而去。

这时妈妈发出了一声嘶鸣，耐心地在原地等待着他回来。斯摩奇听到妈妈的呼唤立马掉转头飞奔回来，速度之快，仿佛身后仍然有敌人在追赶。等靠近了妈妈，斯摩奇发出一声叫喊，喷了下鼻息，终于停了下来——可真是匹小野马驹儿！

母子俩花了两三个钟头才走到泉水边。妈妈大口啜饮着泉水，口渴一扫而光。

斯摩奇走上来，只低头嗅了嗅泉水，一口也没喝。甘甜的山泉对他没什么吸引力，一簇簇新绿的草丛也是如此，不过是供他在上面跑的毯子罢了。

这一天剩余的时光基本都是在附近度过的，各种各样数不清的冒险在等待着斯摩奇。只要不在睡觉，他就在白杨林里跑，那儿有些奇形怪状的大树桩，他见了既兴奋又害怕。

对于比树桩危险得多的东西，斯摩奇毫无察觉。一只体型硕大的森林狼正蛰伏着，透过枯萎的柳树枝密切注视着斯摩奇的一举一动。

他对斯摩奇如何玩耍没有丝毫兴趣，只是暗自希望他的妈妈离得远些，他好瞅准时机把斯摩奇放倒——小马肉可是难得的美味，等上一天也在所不惜，机会出现他是不会错过的。

有几次眼看就能得手了，但是斯摩奇的妈妈总是离得太近，森林狼知道，被她的蹄子踢两脚可不是闹着玩的。

最后，他意识到，就算在那儿干等也吃不到肉，于是他从藏身的地方走了出来，在柳枝的遮掩下快速踱了几步，又在安全距离内找到一个视野开阔的地方蹲了下来。他还没有决定是出击还是继续等待机会，就在这时斯摩奇看见了他。

对涉世未深的斯摩奇来说，森林狼只是个会动的树桩，踢踢看应该会很好玩儿。

他垂着脖子，卷起尾巴，向森林狼慢慢踱过去。

森林狼静立不动，等到小马驹走到离他只有几英尺的地方，他就快速向后撤几步，引诱好奇的小马驹一直跟随，要是能勾引小马驹翻过山脊，离开妈妈的视线才好呢。

斯摩奇只觉得好玩儿，他一定要弄清楚这个灰黄色的、跟妈妈长得完全不像的东西到底是什么。

他的直觉警告他停下脚步，但是好奇心又驱使他不断向前，直到不知不觉间翻过了小山，他才觉出情况不妙。

森林狼一跃而起，想要咬住斯摩奇的脖子——斯摩奇血液里流淌着的与灰狼和美洲狮相搏的野马血统救了他。

他以比闪电还快的速度掉转头，后腿支撑，腾跃而起，森林狼的牙齿只蹭到了下巴上的一点皮毛。

可是这个敌人太难缠，摆脱不掉，他踢了一脚，感受到了森林狼强劲的力道，大腿的筋肉传来一阵剧痛。

斯摩奇害怕了,发出了尖声嘶叫,足以引得附近所有生物注目。他这声清晰的求救信号得到了妈妈的回应。

妈妈狂奔上山坡,瞥了一眼情势,竖起耳朵,亮出牙齿,以雷霆万钧之势赶到了战场。

战斗进行了不一会儿,黄色的皮毛漫天飘落,妈妈在森林狼后面穷追不舍,直到他又翻过一座小山,不见了踪影。

斯摩奇跟着妈妈回到了泉水边,他又饿又累,路上的大木桩、枝杈挠得他肚子痒痒也不予理睬。吃饱喝足后,他径自挑了块地方歇歇疲劳的身体。他的后腿残留着一丝风干的血迹,好在已经不疼了。太阳落山了,他在妈妈的身影下进入了甜蜜的梦乡,今晚会梦到树桩吧,会动的大树桩。

第二天,太阳又冉冉升起,小斯摩奇也起床了,睡眼惺忪的,和身边呆立不动的大石头一道晒着日光浴。僵硬的后腿提醒着他昨天发生的险情,可是不妨碍斯摩奇对今天充满期望,可不能消磨了自己的士气啊!他会永远记住那匹狼,从那以后,他再也不会狼桩不分了。好了,斯摩奇现在准备好去玩儿了。

斯摩奇生下来有两天了,力气增长得很快,跑多远都不会觉得累。太阳升得挺高了,妈妈示意斯摩奇抓紧赶路,小斯摩奇可不想落下,渐渐地,他僵硬的后腿恢复了,又生龙活虎地蹦跳起来。

母子俩走啊走，在斯摩奇看来这路长得没有尽头。他们绕过群山脚下的平川，走过高耸的山脊，涉过一条条小溪，妈妈越走越起劲儿，都顾不上停下来给小斯摩奇喂奶。斯摩奇累坏了，变得越来越烦躁。

太阳就快要落山时，他们还在赶路。终于妈妈也有点累了，停下来吃草。斯摩奇干脆躺倒了，累得动也不想动一下。

妈妈想早日回到原野上去，那儿有成群的马匹，还有小马驹可以成为斯摩奇的玩伴。可斯摩奇不知道这些，他也不关心，跟在妈妈后面连夜赶路的时候，一百个不开心。

最终他们还是到达了目的地。妈妈停下来在小溪旁喝水，又来到杨木林前吃草，没有继续往前走的意思，斯摩奇终于能好好休息了。太阳升了起来，斯摩奇却在刚抽芽的杨树荫下睡着了，两只耳朵偶尔还在睡梦中抽动几下哩。

斯摩奇这一天基本是在睡梦中度过的，饿了的时候爬起来喝点奶，完事儿又躺倒在温暖的土地上呼呼大睡。

这一觉儿一直睡到第二天半夜，天迷蒙蒙快要亮了，斯摩奇感觉元气完全恢复了。

斯摩奇体形脱得俊美，变得一天比一天强壮，他的视野也越来越开阔，已经能看到妈妈的一半远了。这天早晨，妈妈发现了正在饮水的马群，正是自己的族群！于是发出了一声嘶鸣。斯摩奇好奇地望去，什么也没看见，但是他听到了马群靠近的声音。斯摩奇循声竖直了耳朵，不一会儿看清了他们的相貌。这些生物跟妈妈长得好像啊！斯摩奇有点害怕，又有点兴奋，但是吸取了上次的教训，不搞清来的是啥，他一步也不离开妈妈身边。

妈妈望着靠近的马群，耳朵警觉地竖着。马群的首领发现了斯摩奇，马群一阵骚动，都凑过来想要看看这个小家伙儿，对新成员表示欢迎。妈妈伸长了耳朵，示意大家不要靠得太近。

一下子看到这么多同类，斯摩奇不由自主地发抖。他倚在妈妈身上，头却扬得老高，面朝着马群，眼里闪着光，对即将到来的改变充满了期待。马群中一匹胆大的骟马走上前来，斯摩奇一点也不认生，跟他磨蹭着鼻子。妈妈咬了他一口以示警告，斯摩奇纯粹觉得好玩儿，也咬了他一口。

足有一小时，妈妈一直都守护在侧，倒不是怕有谁伤害斯摩奇，只是从一开始妈妈就要让大家明白，斯摩奇是自己的孩子，所有事情都要妈妈才能做主。大家心领神会，花了两天的时间才接受了新来的小家伙儿，不再找他的麻烦。

接下来的几天，马群里嫉妒之风盛行，大家都争着想当斯摩奇的玩伴。妈妈从一开始就宣示了监护权，地位自然不可动摇，众马自知不可能把她从斯摩奇身边赶走，那谁有幸和妈妈一道守护斯摩奇，陪他一起玩耍呢？不管是小雌马还是老母马，小骟马还是老矮马都跃跃欲试，想一决高下。最终，马群的首领，一匹鹿皮色的坐骑马赢得了殊荣——在争斗中他敏捷地踢中了对手的肋下，咬伤了竞争者闪亮的皮毛，当上了地位仅次于妈妈的斯摩奇的保镖，在场的马无一不服气。而斯摩奇呢，他就站在妈妈身边，饶有兴致地看着这一番争斗。

除斯摩奇外，马群中还有其他三匹小马驹，每当有新成员加入的时候，鹿皮色马都会声色俱厉地宣示自己的统治权。这匹年长的鹿皮色马，身上的累累伤痕说明他身经百战，背上马鞍的痕迹证明他曾是一匹优秀的牧牛马。现在他退休了,享受着悠闲的时光,冬天挑块良草地,夏天在树荫下啃嫩草,唯一的乐趣便是陪伴春天降临的小马驹了。

斯摩奇的妈妈比鹿皮色马年轻十岁,但鹿皮色马似乎是更好的玩伴。因为她现在当了妈妈,对斯摩奇负有责任,她的首要任务是保存体力,保证充足的奶水,这样斯摩奇才不会饿肚子。斯摩奇有时候会来找妈妈玩,但她从不主动找斯摩奇玩,在斯摩奇玩得太疯的时候,妈妈还会提醒他。她太忙了,顾不上陪陪自己的孩子。

于是鹿皮色马"乘虚而入",他跟斯摩奇很快就混熟了。鹿皮色马逗乐儿似的咬咬斯摩奇的肚子,又跳开,引得斯摩奇追着他满草场跑。其他的马看着他们玩得这么起劲儿,真是羡慕极了。

妈妈密切关注着鹿皮色马,对一切了然于心,但一直没干涉。等到斯摩奇玩累了,回到自己身边吃奶的时候,妈妈才向后竖直了耳朵,警告鹿皮色马离自己的孩子远一点。

一连几天鹿皮色马都不让其他的马靠近斯摩奇,可是不管用,斯摩奇是个挺有主见的孩子,他总是想跟其他马一块玩,鹿皮色马拦也拦不住,最后他放弃了,只是尽力保卫着他的安全,不让其他马伤害他。他着实是多虑了,倒是斯摩奇老是吓唬他们。他会紧追着身形高大的马不放,做出一副要咬

他们的架势，马群四处逃散，躲开这个淘气鬼。

斯摩奇神气了两个星期，直到有一天，一匹只有两天大的小马驹跟着妈妈来到了马群。斯摩奇被冷落在一边，他目睹了大家对新成员欢呼雀跃，两周前自己在溪水边受到欢迎的场景还历历在目。鹿皮色马又一马当先，成为了新成员的监护人，很快就把斯摩奇抛到了脑后。

除了一开始有点失落，斯摩奇没觉得有什么不好，只要有人跟他玩儿就行了。没过多久，他就跟一匹小雌马成为了朋友，再后来，他跟所有小马驹都玩熟了。

从此以后，斯摩奇有了更多的自由，不会总有保镖在后面跟着了。但是斯摩奇从不走得太远，一不留神走远了，也会很快跑回来。在这个美好的春天，斯摩奇学到了很多东西——青草吃起来味道不错，泉水喝起来清凉解渴。天热起来的时候，他又看到了森林狼，随着他逐渐长得高大，他越来越不惧怕了，非但不怕，还起身去追。

一天，斯摩奇撞见了另外一种黄色动物，看起来不怎么危险，他决定一探究竟。他尾随着这只动物来到了一片柳树下，这动物似乎并不慌张逃走，慢悠悠地一边走一边嚼着什么吃的，受好奇心驱使，斯摩奇老想抬起前蹄踩踩这家伙，可他一头扎进了林子里，只剩下条尾巴露在外面。斯摩奇伸出鼻子去嗅了嗅，那家伙只是扭了扭身体，没什么危险嘛，斯摩奇又靠近了一点……"啊"，斯摩奇大叫一声，四英尺长的刺扎进了斯摩奇的鼻子，原来是一只豪猪！

幸亏这下刺得不深，要是再近几英寸扎到了眼睛，被刺的地方会肿得老高，进食都没办法了，只得饿死。这次只算是个温和的警告，豪猪又给他上了一课。

几天之后，斯摩奇又碰见了一只奇怪的动物，确切地说，是一群。本来他没多大兴趣，但闲着也是闲着，不如一看究竟，反正妈妈也在不远处，不会有什么危险。

斯摩奇昂首阔步走向其中最小的一只，他不害怕，那个小家伙好像也不怕，斯摩奇在离着只有几英尺的地方停下来，仔细打量着对方。斯摩奇和这个小动物都很年幼，充满着好奇，他们不知道，未来的日子里他们还会无数次遇见——在屠宰场里、在白天放牧和夜间值守的时候，或者是在悠长、燥热、尘土飞扬的乡间小道上。到那时，会有牛仔骑在斯摩奇背上，放牧眼前的这种动物，那时的他们都已经长大了，然而还会有许多年幼的他们在这儿第一次结识。

现在的斯摩奇哪里会担心将来的事？那些白脸的小牛犊也是如此。妈妈呼唤斯摩奇了，于是他竖起耳朵，垂下头，蹬了蹬蹄子，一路蹦跶着回到了妈妈的身边。

第二章　初遇人类

春日漫漫，除却高山之巅和幽深峡谷，冰雪都已消融，融雪涨满了山泉和小溪，一路欢歌流淌过平原，仲夏已然来临。草地更显翠绿，飞虫也不那么恼人，不时总有微风拂过使人神清气爽。草原上散落的虬曲的松树荫下，斯摩奇和他的妈妈，以及马群们正在吃草。

这片岩石遍布，路途崎岖的地域造就了斯摩奇。经常在陡峭的山脊玩耍令他的脚步坚定而稳固，他的蹄子早已褪去了粉红色的膜，变成钢铁一般的灰色，也如钢铁般坚硬。他在岩石、丛林间蹦跳腾跃的敏捷劲儿虽不比野山羊，但速度更快，也更莽撞，然而福佑庇护，他总是能化险为夷。

一天，斯摩奇在山坡上正玩得起劲，冷不丁撞见一只黄褐色的家伙，那家伙身子缩成一团在树桩上睡觉。斯摩奇在他跟前站了一会儿，突然，那家伙从树桩上栽了下来，一边号叫一边跑开了。

这一下子又勾起了斯摩奇的好奇心。他低下头，迈着欢快的步子去追那个毛茸茸的家伙去了。

越过狰狞的枯木，蹚过湍急的溪流，钻过纠缠的树枝，斯摩奇一路追寻，眼见就要追上了。就在这时，他的右侧传来一声巨响，顿时尘土飞扬，好像山崩地裂一般。紧接着，一个棕色的圆滚滚的大脑袋从一堆断枝和灌木丛中冒了出来，眼里闪着熊熊怒火，嘴吐长长的獠牙，发出地动山摇的咆哮。斯摩奇见状，掉头拔腿就跑，再没有平常的神气劲儿，他一路飞奔想要赶回妈妈身边，只有那儿才是最安全的。

一路穿过森林，斯摩奇终于回到了开阔的平原，他的心脏怦怦地跳得厉害。他竟没有想到这个毛茸茸的小家伙也会有妈妈，而且有这么可怕的力量，斯摩奇只看一眼就已经吓破了胆。

好在斯摩奇学得很快，自己的亲身经历加上妈妈的点拨，斯摩奇认清了森林里和草原上各有哪些奇特的动物。就拿上次来说吧，妈妈跟他一前一后走在山间小路上，天气炎热，尘土飞扬，他们想找片树荫歇歇脚。这时，不知哪儿传来一阵咝咝的响声，突然，妈妈像触电一样跳离了小路，斯摩奇也立马照做。路左边大约一英尺的地方，一条弯弯扭扭的生物发动了攻击，差一丁点儿就咬到了他的脚踝。

斯摩奇站在安全距离以外喷着鼻息，那生物已经盘起身来。直觉告诉斯摩奇不要去嗅这个通体灰黑暗黄、咝咝作响的东西。妈妈催促斯摩奇继续赶路，发出的嘶鸣声警告他要留心这种生物。于是斯摩奇又看了这条蛇一眼，牢记在心，下次再听到咝咝声，一定要像妈妈一样赶忙躲开。

日积月累，斯摩奇懂的越来越多，学起新东西来也更得心应手。四处乱窜的代价不过是几处剐蹭，没什么大碍，倒是令他的心脏更加有力，皮毛也更加坚韧。

小马驹尽情享受着高地上的美好生活，若他见识过更多生活的风浪，他不免会疑心这样无忧无虑的生活会持续多久，好在他经历尚浅，童年只管纵情玩乐。他绝不放过任何一件令他感到新奇的事物，甭管何处的树丛里发出了窸窣的响声，他都循声查看，一探究竟。他会紧跟一只獾不放，逼得对方打洞逃走；他会绕着一棵树走不停，只为观察一只有着毛茸茸大尾巴的松鼠，直到对方爬到看不见的高处。他还遇到过臭鼬，但是这家伙身上的气味不敢恭维，让斯摩奇敬而远之。

到现在为止，草原上的动物斯摩奇差不多都见识过了，唯独没有碰到过狮子和草原狼，一看到他们的踪影，妈妈就带着斯摩奇离开；要是不幸狭路相逢，就躲在暗处，等他们走了之后再出来。以后斯摩奇还会再遇见他们，甚至还有一场殊死较量，不过这都是后来的事了，我们以后再讲。

四个月大的时候，斯摩奇迎来了生命中的一个重大事件，事情发生前没有任何征兆，既没有愁云密布，也没有罡风呼号。一棵高大的松树底下，斯摩奇和妈妈纳着凉，和煦的风拂过鬃毛，树叶飒飒作响，有如一支摇篮曲，斯摩奇静立不动打着盹儿，尾巴像钟摆一样左摇右晃，驱赶着周围恼人的飞虫。

整个马群睡着了，谁都没有注意到牛仔的出现。牛仔一下子发现了马群，他悄无声息地绕到马群的上方，打算把他们往山下赶。

可他没能如愿，有一匹马抬起头来觉察到了他，并向马群发出了警告。沉睡的马群苏醒了过来，开始四处逃散，一股脑冲向峡谷，顿时尘土飞扬，牛仔在其后穷追不舍。

斯摩奇紧随大部队，跟在马群头领后面跑，他顾不上想为什么，只管向前狂奔。

马群跨过突兀的岩石和河流中的险滩，一路奔袭下山，马蹄剧烈锤击着地面，激起松动的石块震碎了山岩，又纷纷砸向低垂的枯木，这一系列连锁反应引发了山崩。可就连山崩速度之快，也跑不赢如风似电的马群。待到十英尺厚的碎石、断木和尘埃掩埋了山谷，整个马群早已绝尘而去，往平原方向跑出了足足半英里。

平原上，斯摩奇扭过头，透过漫天的尘土，从马群缝隙中第一次瞥见了人类的样子。斯摩奇看看妈妈和马群，没有一匹马试图停下来反抗，他们都在躲开后面这个人的追赶，这足以说明后面这个生物非同寻常。

逃跑渺茫无望，骑手仍紧随马群之后，把他们赶进了围栏。在斯摩奇看来，这些围栏像是一字排开的奇奇怪怪的树，但他知道自己永远也不可能穿过这片树林了。马群骚动不安，寻找着出口，斯摩奇紧紧地贴在妈妈身边。大门在他们身后重重地关上，马群转过身，瞪大眼睛盯着面前这个弓着腿、皮革裹身、脸晒得黝黑的人。

只见这人从一匹马上跳了下来——没错，是自己的同类，只不过背上多了一大块滑稽的皮革。然后那人一顿忙活，卸下了马背上的皮具。那匹马如释重负，抖了抖身子，走向整个马群。

斯摩奇目不转睛地盯着他，生怕漏看了什么东西。经过身边的时候，斯摩奇嗅了嗅他被汗水浸湿的后背，想弄明白这一路他背着的到底是什么东西。可是这一闻让他更加困惑了，他不再去管那匹马，而是直勾勾地盯着这个两腿直立的生物。

在原野上生活时，斯摩奇曾许多次看见过大山里的火光，这个谜团让斯摩奇困惑不解。而在围栏里，斯摩奇又看见了火。人类的手掌快速搓动，一小团火苗就从手掌中升腾起来，嘴里还喷出浓烟。斯摩奇看呆了，一点儿也摸不着头脑。

接着，那只握着火的"爪子"拾起了一圈绳子，做了个套索，那人开始慢慢走向马群。大家慌张地四处逃窜，围栏里顿时尘土飞扬；斯摩奇听到"咻"的一声，绳索从他的头顶飞过，套在了一匹矮种马的脖子上。

矮种马动弹不得，被拉到了那一大块皮革面前，那人把皮具装好，跨身上马。接下来，斯摩奇第一次目睹了他的同类跟两条腿生物之间的搏斗。

好一场较量！斯摩奇见过马儿踢蹬嬉戏的样子，他自己也常这么玩儿，可是这次这匹矮种马好像发了疯一样，拼命扭动自己的身体，想把背上这个难缠的家伙甩下去。他发出前所未有的骇人的嘶鸣，这叫声不言而喻，上次斯摩奇被森林狼咬住时发出的正是这种声音。

斯摩奇眼里闪着光，关注着这场搏斗的动向。渐渐地，矮种马从一开始狂躁地挣扎，到后来小幅度地蹦跳，到最后停止了抵抗。那人从马背上跳下来，打开围栏门，牵出矮种马，跨上马背跑远了。斯摩奇这会儿才回过神来，蹭蹭妈妈的鼻子，开始打量把他关住的这个地方——周围被栅栏团团围住，木头开裂的地方挂着一撮撮马的鬃毛，可见不少马匹曾被关在此地。

斯摩奇嗅嗅地面，发现了许多小牛犊耳朵的碎块儿，大概是在打耳标的时候掉的，斯摩奇想起了曾经见过的家畜，他们耳朵上都有标记。有多少幼崽在这栅栏里被打上了烙印啊，这触目惊心的景象让斯摩奇更加感到忐忑不安。

斯摩奇鼓起勇气，想靠近栅栏嗅嗅挂在大门上的一副皮护腿，就在这时，一阵尘土铺天盖地刮来，五六个骑手又往栅栏里赶来了一群马，斯摩奇见状赶紧跑回妈妈身边。赶进来的马匹跟原来的合成一拨，有将近两百匹。

围栏里尘土飞扬，马蹄乱踏，混乱不堪。这对斯摩奇是个好消息，有更多的马遮挡保护着他，叫两条腿的生物瞧不见他。

马群还在围着栅栏乱转，斯摩奇小心翼翼地隐藏好自己。从马腿之间的缝隙里，斯摩奇看到栅栏外生起了火，人类把长长的铁条插进熊熊燃烧的木头堆里。

马群又一阵骚乱，开始四处乱跑，鼻子喷着粗气。许多马被赶到了另外一个栅栏里，只剩下了大约五十匹，都是像斯摩奇这个年纪的小马驹和一些安静的老马。

斯摩奇无处可躲了，掷出的绳索像子弹一样咻咻作响，身边的同伴被一个个套住、放倒、捆住，发出凄厉的叫声。恐惧攫住了斯摩奇。

他尽全力想逃出人类的围困，无奈到处都是人，没有哪儿是长长的套索不能及的。

斯摩奇听到嘶嘶声逼近，绳子像毒蛇一样缠住了他的前腿，他发出了一声惨叫，下一秒钟，他的四条腿就已经被捆住，放倒在地上了。

斯摩奇感觉世界末日到来了，要是他这时候能昏过去就好了，可不幸的是，斯摩奇从来都不会错过任何事。他看见有个人拿着一块烧红的烙铁走了过来，斯摩奇闻到了皮毛烧焦的味道——是在他自己身上！

可是他既没感到烫，也没感到疼，因为和被人类触碰的恐惧相比，这

牧牛马斯摩奇

些都算不上什么。最后，这一切终于结束了，腿上的绳子被解了下来，斯摩奇走回了马群，他光滑的皮毛上烙上了永久的记号。

烙完印记，斯摩奇和其他小马们如释重负，马群又聚拢到了一起，小马驹们找到了各自的妈妈。他们重获自由，又可以在高山和平原上驰骋了。

第二天，马群回到了他们自己的领地，昨天的事已经被抛到了脑后。可斯摩奇和小马驹们没有忘记，那是他们第一次与人类接触，后腿上隐隐作痛的烙印也在不断提醒他们昨天可怕的经历。

随着日子一天天过去，斯摩奇又重新被生活中的种种趣事所吸引，围栏里发生的一切渐渐成为一个遥远的噩梦。他腿上的灼伤很快就恢复了，只留下一个随他一起生长的清晰的烙印。

转眼间已经是秋天了，天气一天天凉下去，天空时常乌云密布，飘着冷雨。难得的好天气里，太阳也不再高悬，像昔日那般热烈。

一连好几个早晨，草地都结了冰霜，乌云又开始聚集，北风呼号，高山上飘起了雪花。整个马群逐渐向更温暖的山下迁徙，他们来到山脚下的平原，准备在这儿迎接漫长的冬天。

这儿是草甸中央的一片低地，陡峭的峡谷里生长着大片的柳树和杨树，积雪覆盖之下有厚厚的草丛，用蹄子扒一扒就能吃到。当凛冽的北风劲吹，暴风雪迫使所有生物挖洞躲藏的时候，这儿是一处绝佳的避风港。

在不多见的静谧的冬日，太阳露出脸来，风也偃息，马群们可以离开避难所，来到山脊上。大风已将积雪吹开，露出草地清晰可见的雪藏。

迁移到这片越冬地对斯摩奇又是一件新鲜事。他调动所有的感官，用

21

眼睛看、用耳朵听、用鼻子嗅，不断探索着新地域，每一点响动都能激发他的好奇。

冬天的第一场雪降临时，斯摩奇高兴坏了，雪花飘落在脊背上，惹得他又蹦又跳。雪越落越厚，草原变得银装素裹，斯摩奇越玩越起劲儿，全然顾不上躲风避雪。

斯摩奇有得天独厚的优势，看看他温热的毛皮和又厚又长的鬃毛，你就知道他为什么不畏严寒了。

冬天逐渐到来，好让斯摩奇做好准备，到真正入冬的时候，斯摩奇早已穿上了天然的毛皮外套，厚实的脊背下积累了一英寸厚的脂肪，加之良好的血液循环系统，足以让他抵抗寒风，除非北方的暴风雪席卷平原，不然斯摩奇根本不需要找地方躲避。

几个月前，斯摩奇开始觉得妈妈的奶水不够喝了，后来就连尝一尝都成了奢望。

妈妈告诉斯摩奇，他该断奶了，斯摩奇没有哭闹，接受了这个事实，开始像其他的成年马一样刨地找草吃。不喝奶了，他学着其他马的样子开始吃雪，所以就算长时间不喝水也没关系。

在这个严冬，斯摩奇整整瘦了一圈儿，但是由于长长的鬃毛遮盖着，从外表看上去也不易察觉。

斯摩奇在马群里依然享受着优待，这有助他安然度过这个冬天。要是发现哪匹马刨出了一块优良的草地，他就会垂下耳朵，露出牙齿，摆出要踢人的架势，成年马便会配合地装出十分害怕的样子，落荒而逃。

但斯摩奇绝不会对妈妈这么做，虽然妈妈很少跟他玩儿，犯错时还会责备地咬他几下，但他知道妈妈爱他，会拼上性命保护他，所以他会跟妈妈在同一个坑里刨草，也会从妈妈眼皮底下偷一两棵草吃，但他从来没有把妈妈赶走的念头。

随着大雪越积越厚，迁徙到山谷中来寻求庇护的马匹也日益增多。跟夏天时一样，斯摩奇也用无忧无虑的方式度过严冬。在雪地里刨东西吃确实耗费了他一些体力，但他照样还是留存了一部分体力用来玩耍。

当其他马匹都在忧心忡忡地埋头找东西吃的时候，你会看到斯摩奇用蹄子卷起一阵阵雪云，自顾自玩得高兴。其他小马驹也加入了他的游戏，搅得整个草原上飞雪弥漫，似有成百上千匹马飞驰而过。

冬日悄然而过，没有什么能搅扰山谷里的宁静和安详。直到有一天，一个骑手出现在了天际，斯摩奇这会儿正远离马群，只有他看见了骑手、围栏、绳索、人类恐怖的手一下子又浮现在了眼前，斯摩奇马不停蹄，以最快的速度奔回了马群。

不知不觉，春天就要来到了，斯摩奇一点儿也高兴不起来，这融化冰雪的暖风吹得他懒洋洋的，什么事也不想干，这是他出生以来头一次不想到处蹦跶着玩儿。

几个星期之后，积雪开始融化，草原露出了它本来的面目，向阳的山坡上，一茬儿新绿的草正破土而出。冬天时要刨地三尺才能吃到的枯草，如今俯拾即是，斯摩奇却没什么胃口。吃够了枯草的他，想尝尝新一茬嫩草的滋味，于是低头仔细在枯草堆里搜寻着嫩草的踪影，可是搜寻了一大片区域，也没吃着几口。

整个马群都有相同的苦恼，枯草已经满足不了他们的需求，他们都瘦了一大圈。好在自然母亲一直慈爱地守护着万物，她深知马群要为季节更迭做好准备。再过不久，天气会变得更加温暖，山脊、平原会铺满绿毯一样的新草，马儿们会再次奔跑起来，他们用来越冬的长长的毛发也会顺势脱落。

春天刚到，他身上的鬃毛就从亮闪闪的黑色褪成了棕色，天气渐暖，鬃毛脱落的地方又呈现出另外一种较深的鼠灰色，他的耳朵和腰的部位已经开始变色，但是还需要一年的轮回，等再到冬天的时候，他就会换上浅灰褐色的外衣了。

他的头和四肢的颜色比身体略深，呈棕褐色，容光焕发的面孔令他看起来精神抖擞，只要看上一眼就能让人过目不忘。斯摩奇生得如此完美，跟别的小马驹站在一起，不免让别的小马驹显得黯然失色。

俊美的长相是体格茁壮的体现，可是斯摩奇从不在意自己的长相，他关心的只有玩耍，他身体强健，拥有无限的精力和体力，玩起来不知疲倦，偶尔躺倒绝不是因为累了，而是为了养精蓄锐，好更纵情地玩耍。

春雨下了一场又一场，每次雨后，青草都长高一点，原野也更绿一点。日光越来越暖，有几天天气已经算很热了。

就是最热的那几天里，斯摩奇发现妈妈不见了踪影！当时斯摩奇正在小溪边的树荫下打盹儿，过了好一会儿，他站起身来搜寻妈妈的踪影，可是怎么也找不到。马群已经迁徙回了夏天的草场，从山脚广阔的原野向下望去，平原上有什么动静儿都一览无余，可是依然没有发现妈妈的踪迹。斯摩奇围着马群跑了一圈又一圈，他搜寻着，呼唤着，可都是徒劳。

他怅然若失地环望了一下草场，嘶鸣了两声，他开始觉得妈妈的离开是冥冥中注定的，他并没有想象中的那么狂躁不安。他还是照例该吃草时吃草，该睡觉时睡觉，甚至玩耍也没耽误，他后背的皮毛也变得越来越光滑。

转眼几天过去了。这天清晨，不远处的一匹马朝着马群走了过来，身边领着一个小家伙。马群的首领，那匹鹿皮色马竖起了耳朵，嘶鸣了一声，迈起大步朝他们走去。

斯摩奇和其他马在原地观望着，看了一会儿，斯摩奇似乎觉得那身影有点熟悉，可是旁边的小家伙儿又让他感到困惑。于是斯摩奇仰起头，跑到路边去看个究竟。啊，他看清楚了，来的不是别人，正是他的妈妈！

他呼唤着妈妈，欢快地一路小跑，来到离他们几英尺的地方，停下来定睛看着这个小家伙——刚出生的小马驹，浑身乌黑发亮，腿还站不很稳，面对这么多陌生的面孔格外腼腆。斯摩奇有小弟弟啦！

斯摩奇对他的小弟弟很是好奇，总在他身上嗅个不停，格外小心地呵护着他，可妈妈还是竖起了耳朵，似乎在说："小心点，斯摩奇，他还太小。"斯摩奇跟在妈妈身后返回了马群，鹿皮色马殿后，再次承担起了保镖的任务。从那时起，斯摩奇在妈妈心目中屈居第二了。

第三章　岔路口

仲夏之际，天气炎热难耐，没有一丝风；艳阳高照，荫凉无处寻觅，高山之巅的积雪也逃脱不了融化的命运。一条岩石林立的山间小道上，马群一匹挨一匹正在赶路。领头的是斯摩奇的妈妈，后面紧跟着刚出生的乌黑的小马驹和刚满一岁、全身鼠灰、神气十足的斯摩奇，队伍再后面是鹿皮色马和另外八到十匹马。

马群似乎在漫无目的地游荡，他们穿过被大风拧弯的树林，径自走过清凉怡人的小溪，对身边的青草地也视而不见，就只是走啊走，只为在这片高地上找到更适合生存的地方。他们为什么迁徙呢，是骑手追赶他们至此，还是数量众多的美洲狮令他们感到不安？

走到了一个岔路口，领头马选择了向下的路，马群紧跟其后——除了斯摩奇。向上的路又引起了斯摩奇的兴趣，非得去看看不可！他边走边嗅，指望能发现什么新奇的玩意儿，他看了看下方的马群，想着玩够了就抄近道赶上去。

路前面立着一块十英尺高的花岗岩，一株桃花心木扎根其上，长得枝繁叶茂。树荫底下，一只深鹿皮色，身形颀长的不知什么东西摊开身子平躺在那里，几乎跟岩石融为了一体，不易察觉，要不是他长长的尾巴上下晃动，还真看不出是个活物。马蹄声打破了宁静，那圆滚滚的脑袋抬高了几英寸，一看是一匹小马送上门来了，他立刻耷拉下耳朵，黄色的眼睛变得黑玉一样明亮。

原来斯摩奇误打误撞闯进了美洲狮的狩猎场，数不清的鹿都在这里命丧狮口，美洲狮吃剩下的又被狼、鬣狗舔舐干净，只剩下不远处的一堆皑皑白骨在太阳下闪着光。

这头美洲狮虽然领地很广阔，但他钟爱这块岩石，因为这儿是大道的岔路，总有各种各样的动物来来往往，当他在别处狩猎没有收获的时候，总到这儿来碰碰运气。

事实证明妈妈选择向下的路是正确的，也许是瞥见了那块大石头，本能和经验带领大家远离了危险，执意要自己探索的斯摩奇现在只能独自面对了。

斯摩奇嗅着路上的每一根树枝、每一块石头，一步一步向危险走近，离岩石只有几英尺的距离了。在桃花心木的掩映下，美洲狮隐藏得很好，他不露声色，在岩石上一动不动，可是他的长尾巴摇动得厉害，说明他已经蓄势待发，瘦长结实的身体和飞速转动的头脑都做好了出击的准备。

再往前迈一步斯摩奇就要命丧黄泉了！岩石根下传来"咝咝"的响声，一条四英尺长的响尾蛇弹起身子冲着他的鼻子咬过来，斯摩奇意欲向前的腿赶紧后撤一步，没想到竟是这一步救了他的命。

与此同时，美洲狮也一跃而起，朝着他的猎物扑去，可没料到一条蛇半路搅局让斯摩奇提前闪开了，他本来瞄准了斯摩奇的脖子，可现在扑了空，一顿乱抓，摔倒在地。

斯摩奇惊魂未定，顾不上回头看一看那挥舞锋利爪子的黑影有没有追上来，只管埋头狂奔，抄近道回到了马群。

马群不明所以，但是看到斯摩奇眼中惊恐的神色，也都开始狂奔起来，仿佛有魔鬼在后面穷追不舍。

可是那"魔鬼"压根没有追来，美洲狮知道小马驹脚下生风，要想追赶绝非易事，于是他又趴回岩石上，尾巴懒懒地扫着身子，仿佛要把错失一顿到手美餐的怅然一扫而空。

从那以后，斯摩奇只要见了高大的岩石就绕开走，低矮的灌木丛以及一切可能潜伏着美洲狮的地方，他都避之不及。现在，小马驹越来越喜欢跟马群待在一起了，整片原野他都尽数探索过了，没有什么新鲜玩意吸引他四处乱窜了。

跟所有到了这个年纪的小马一样，自认为探索过了所有事物的斯摩奇开始变得自以为是，觉得自己无所不知，无所不能，世界尽在自己的掌控。于是他开始调皮捣蛋，脾气又犟，听不进别人劝。渐渐地大家开始讨厌他，在他捣乱时踢他示以颜色。

整个夏天，众马一得空就轮番教训斯摩奇，想让他学着老实点，可是收效甚微，斯摩奇已经长得人高马大，完全禁得住他们的踢打。不知不觉冬天的初雪降临了，可斯摩奇还是顽劣不改，别的马刨出的草料，斯摩奇总想去揩一口，就算不偷吃，他也搅和得别人不得安生，别的马气不过伸腿踢他，他总是躲开，摆出一副洋洋得意的神态。

斯摩奇对待马群的新成员也不甚友好。一天，一匹老马加入了马群，新成员初来乍到，难免有些怯懦，斯摩奇看准了这一点，追着那匹老马一圈圈地跑，时不时咬人家一口，搞得那匹老马想离开马群，另寻出路。终于有一天，那匹老马忍无可忍，掉转头朝斯摩奇冲去，但斯摩奇只是虚张声势，真要打的时候就认了怂，于是掉头就跑，接下来一连几天都躲着老马，等到对方火气消了，斯摩奇才敢靠近，不过也总保持着一定的距离，表示愿意承认老马在马群中的地位。

冬日一天天过去，斯摩奇的顽劣遭到了大伙的一致声讨，久而久之，斯摩奇意识到自己不受待见，便少了些自负和执拗。冬去春来，岁月更替，斯摩奇三岁了，渐渐懂得了些礼数，但是他身体里蕴藏着的旺盛生命力让他时不时地抛开束缚，做出些荒唐事，引得年长的马竖起耳朵，龇牙咧嘴，以示抗议。

三岁开头，斯摩奇过得称心如意，春雨比以往更暖，青草每天都能长高半英寸，挑食如斯摩奇也吃得欢实。过冬的长长的鬃毛脱去后，他的皮毛更顺滑了，体态也更丰满，全身换上了灰褐色的新装，配上雪白色神采奕奕的脸和修长的四肢，堪称完美。他疾驰过草原的时候，头和马尾飞扬起来，投足间显露出的俊美，任何一个牛仔见了都会为之倾心。

但是在马群中他的优点都埋没了，大家对他熟视无睹。他的妈妈觉得他不过是一匹平凡的马驹，甚至是个异类，要是他再规矩点就好了，现在的斯摩奇顽劣依旧，难以驯服，脾气跟着体格儿一块长，要想管教他可不是件容易的事，现在马群中就只剩鹿皮色马和妈妈有这个威严了。

一切照旧，马儿们渐渐开始把斯摩奇当成理智的成年马看待，不再像从前一样修理管教他了，就算血气方刚的斯摩奇偶尔背着妈妈和鹿皮色马干了什么蠢事，大家也都忽略不计。

马群成员们各司其职，相安无事，这种波澜不惊、死气沉沉的生活斯摩奇可受不了，他总动不动想捉弄下鹿皮色马，挑弄些事端。终于有一天，这种单调宁静的生活被彻底打破了，斯摩奇也终于获得了解脱。

这一天，马群正排着队去饮水，斯摩奇的妈妈照例走在前面，她翻过山脊，发现离自己不远的地方有一大群黑马，紧接着斯摩奇也看到了，他朝着一匹长鬃毛、下颚宽厚的黑马喷着粗气，不知怎的，斯摩奇有种预感，安静的日子要一去不复返了。

斯摩奇观察着对手，不敢轻举妄动——只见那黑马像一只骄傲的孔雀，鬃毛和尾巴都扬得老高，朝这边走过来，后面的一群母马和小马也抬起头望着陌生人，密切关注着事态的发展。

血气方刚的小马们都兴奋异常，眼睛放光，黑马走近了，在离马群几步远的地方停了下来，强壮有力的脖颈低下来转了半圈，耳朵向前直愣愣竖着，眼神犀利，目不转睛地打量着他们。他见识多了这种场面，显得非常谨慎，有时对面马群里会杀出比他更老道、英勇善战的老马，让他负伤挂彩，铩羽而归，所以他选择耐心观察，先摸清对面马群首领的实力如何；要是看准了没有谁的实力能与他匹敌，他就会亮出自己的蹄子和牙齿发动攻击，这样胜算会大得多。

那匹黑马只是站在那儿，丝毫没有要进攻的意思。鹿皮色马站得远远的，保持着中立态度。可斯摩奇有点按捺不住了，他稚气未脱，猜不透这其中的玄机，贸然地选择了出击。

黑马动弹了一下，斯摩奇觉得是时候了，他跟妈妈交换了一个眼色，妈妈一声嘶鸣，斯摩奇冲了出去，这出乎黑马的意料。斯摩奇扬起蹄子，露出牙齿，眼看就要扑到对方身上了，只见黑马灵巧地一闪身，斯摩奇扑了个空。

斯摩奇没有过什么实战经验，他怎么也想不通，明明对方就在跟前，自己势在必得的进攻怎么会落了空，更令他百思不得其解的是，面对自己气势汹汹的进攻，那匹黑马毫无还击之意，他躲开冲撞，竖直了耳朵，继续打量着马群，完全没有把斯摩奇放在眼里，他的一举一动意思再明确不过了——你只是个愚蠢的孩子，不配做我的对手。

这比挨了踢还让斯摩奇觉得沮丧，对方躲闪自己的进攻如此从容，要是真认真打起来得是什么样啊。斯摩奇骑虎难下，他该悻悻地走回去么，还是再发动一次进攻，抑或伺机而动？

　　与此同时，那匹黑马似乎看出了马群里没什么厉害角色。于是他垂下头，耳朵后竖，发起攻势冲进了马群，他想冲散骟马，把母马和小马驱赶到自己的马群里，可是没那么容易，没有哪匹骟马甘愿就这么放弃昔日的同伴，即使被冲开，他们也立即跑回来重新聚集在一起，黑马无暇同时顾及这么多马，只能一次次重复这一计谋。

　　黑马的这一举动激怒了一直保持中立的鹿皮色马，那匹黑马又冲过来的时候，他没有再选择躲避，而是决定反抗。两匹马在空中扭打起来，都亮出了蹄子，你来我往之间招招命中，速度快得像机关枪扫射，只是砸在地上的声音更闷些。

　　两匹马越打越远，搅得漫天尘土。最后，尘埃落定，从远处隐隐约约能看到两匹马的轮廓，不一会儿，黑马走了出来，不屑地摇晃着脑袋，仿佛在警告其他马："别想傻事，我是不可战胜的！"

　　别忘了还有一匹马可以与之一战，那就是斯摩奇，他一直站在妈妈身边，亲眼目睹了黑马和鹿皮色马的整场争斗，他现在踌躇满志，随时都能再战一场，哪怕只有一丝获胜的机会。

　　黑马看到了斯摩奇，没什么多余动作，径直冲向了他，斯摩奇也迎了上去。短兵相接，第一轮战斗瞬时就结束了。斯摩奇猛踢了几脚，换做是别的马，恐怕已经招架不住了，可没撼动这匹黑马分毫，反而更激发了他的战意。这匹黑马是身经百战的老手了，获胜已然成为了一种习惯。

　　斯摩奇又发动了新一轮攻势，朝黑马扑了过去，后者直立起后腿，前腿腾空，顺势往边侧一跳，不仅躲开了攻击，又抓到了空当，朝斯摩奇的肩部狠狠地咬了一口，等到斯摩奇挣脱开的时候，肩胛已经被扯下了一大块皮毛。

斯摩奇惨叫一声，胡乱踢腾几下，转过身来对着黑马，想着怎样才能靠牙齿和蹄子痛击对手，可黑马没给斯摩奇喘息的机会，他也立刻掉转头冲过来，冲着斯摩奇的肋骨就是一脚，这一脚的声音就像是蒸汽机车撞上了一堵石墙，斯摩奇痛苦地呻吟着，后退几步，踉跄着站也站不稳。

斯摩奇被踢得头晕目眩，视线模糊，对面那团黑云仿佛是生出了无数只脚的恶魔，不可战胜。斯摩奇知道自己跟黑马实力悬殊，纵使心里非常不甘，但是为了保命只能逃跑了。他用尽所剩的全部力气，向前跑啊跑，跑出很远才敢回头看，黑马没有追上来，斯摩奇得救了。

接下来的几天，斯摩奇和同样战败的鹿皮色马相依为命，他们漫无目的地游荡，不知道未来会发生什么，也不知道会去向何方。他们走了很远，路过了不少水草丰美的山谷，但是都没有停留，他们就这样一直走，不知不觉，已经翻过了夏天斯摩奇和妈妈共同生活过的那片高地。

中途他们也遇到过别的马群，但是每个马群总有那么一只眼神狂乱、下巴粗厚的种马，一看到他们想加入马群，就站出来收拾他们。

四处游荡的时候，斯摩奇也碰到过其他被驱逐的马，但他们只是心照不宣地打声招呼，然后就各奔东西。鹿皮色马对马群要求不高，他特别喜欢小家伙儿，所以只要有小马驹他就很高兴；但斯摩奇不一样，他想念妈妈，想念弟弟，想念跟他一块长大的同伴们。没有哪个马群能与原来的家相媲美，他想起在妈妈膝下蹒跚学步的时光，不禁惆怅万千，山谷中回荡着他思念的悲鸣。

另一面，斯摩奇的妈妈也很想念自己的孩子，但是她没有办法，贸然与黑马对抗，只会徒增几道伤口，对于改变现状没有任何帮助，她也不能一走了之，马群中还有许多小马驹指望她来照顾，现在她只能选择顺从。多年的原野生活使她深谙残酷的生存法则，她知道外面世界的险恶，但是她也相信，斯摩奇已经长大了，有能力照顾好自己。母子连心，不管斯摩奇走到哪，妈妈的心一直紧紧追随。

斯摩奇孤单寂寞的日子仍在继续，直到一天，事情发生了转机。他跟鹿皮色马遇到了一个马群，马群的首领是一匹年轻的种马。他看见了两个陌生人，自信满满、盛气凌人地走上前来，鹿皮色马像往常一样，打量着对方，凭着以往的经验，年轻总是意味着无知，他一样就看出了对方的这个弱点。自己实力在对方之上，鹿皮色马没有像以前一样退缩，而是站在原地注视着年轻的种马，斯摩奇也学着鹿皮色马的样子照做。

三匹马都低着头，互相磨蹭着鼻子，发出了几声嘶鸣，蹄子刨地，在这时，年轻的种马先踢出了第一脚。

这一脚踢在了斯摩奇身上，斯摩奇不由得后退两步，与此同时，鹿皮色马也吹响了反击的号角，双方你来我往，不分伯仲，这匹年轻的栗色种马的表现可圈可点，要是没有斯摩奇的话，恐怕最后会打成平手。

共同度过的患难时光让斯摩奇和鹿皮色马有了感情，看见

鹿皮色马陷入苦战，斯摩奇自然想上前相助，加上刚才挨了一脚，斯摩奇报仇心切，也加入了混战。栗色种马转过身来，狠踢鹿皮色马的肋骨，空当出现了，斯摩奇离栗色种马只有几步远，他跟鹿皮色马前后夹击，又咬又踢，栗色种马无力招架，慌了阵脚。

栗色种马自知大势已去，要想保全只能走为上计，他奋力一跃，跳出了蹄子和牙齿的重围，拔腿就跑，而那一对搭档也在后面穷追不舍，直到把他彻底赶出了领地。

太阳西沉，又从蔚蓝色天际重新升起，一连三天，栗色种马还是一直跟随着马群，他心有不甘，想重新夺回失去的一切。可他每发动一次进攻，受伤就更重一点，驱逐就更多一次——斯摩奇和鹿皮色马把他们曾受的屈辱都奉还到了他的身上。

接下来的日子，鹿皮色马过得平静安逸，斯摩奇也跟小雌马和小马驹们熟络了起来，暂时忘记了以前的伤痛，渐渐适应了妈妈不在身边的日子。但有时他还是忍不住回想这一切：在妈妈身边无忧无虑的日子，对新生活的渴望，被黑马驱逐，与鹿皮色马落魄的流浪，再到战胜栗色种马，种种经历与教训使他的心智更加成熟，考虑的也更深远了。

整个夏天，斯摩奇和鹿皮色马都跟小母马、小马驹们驻扎在高地上，吃草，打盹儿，日子过得好不悠闲。他们偶尔会玩个小游戏，小马驹们会向斯摩奇和鹿皮色马发出"挑战"，练习自己进攻的技巧，佯装咬对方一口，又迅速躲开。斯摩奇和鹿皮色马以前就爱这么玩，游戏的秘诀在于让着小马驹，总是让他们赢。体贴入微的照料之下，小马驹们茁壮地成长着。

转眼间，青草地由绿变黄，溪水边的山杨树叶也越积越厚，夏天已逝，秋天降临了。马群开始往山下迁徙，没几天就来到了山脚，斯摩奇冲出马群，朝着他出生第一年和妈妈过冬的那个原野飞奔而去。鹿皮色马紧跟在斯摩奇身后，可他回头看了一眼，马群没有跟上来，而是朝着另外的方向走去。于是他停下来，望着远去的斯摩奇，又扭头看看马群，陷入了两难。他想追随昔日的伙伴而去，又舍不得小马驹们，就在这时，有一匹小马驹发出了一声嘶鸣，这下鹿皮色马下定了主意，他也嘶鸣一声回应着，掉头向马群走去。

斯摩奇头也不回地朝前走去，他沉浸在自己的思绪中，全然忘记了身后的马群，一心只想在故地与妈妈重逢。等他回过神来，茫然地环视四周，发现他自己竟孤身一人。他的直觉驱使着他返回故土，可清醒过来的他感到讶异，不知何去何从。他望着远山，怅然若失，就在这时，远处传来了一声呼唤，在山谷间回荡，是鹿皮色马，他昔日的伙伴！斯摩奇有了答案，他还有着朋友，还有马群，他并不孤单。

斯摩奇回应着，朝马群飞奔回去。他明白了，在南边过冬或在北边过冬，都没有什么区别，他不能再回到童年了，他已经长大，新的生活在前方等待——一匹年长的母马走在马群的最前面，鹿皮色马跟他并肩走在其后，一匹小马驹跑过来轻轻蹭了蹭他，斯摩奇感觉一切都还好。

第四章　绳子那头

这一年雪下得很大，整个原野覆盖了厚厚的一层，草料难以寻觅，小马们在优渥的草场上过惯了，现在却要在雪地上刨来刨去，找到的草料还不够塞牙缝。他们屁股后头还跟着一帮小牛犊，循着小马们的足迹，用鼻子搜寻着吃剩下的干草叶儿。

牧牛人对这个冬天的严酷也有所察觉。秋天的时候，牛儿们个个膘肥体壮，可现在雪越积越厚，草地被埋得严严实实，干草也断了销，牧牛人不得已，只能仰仗夏天仅剩的一点草料，眼看着牛皮下的脂肪越来越少，越冬的长毛发也遮挡不住牛儿日渐消瘦而露出的肋条。

接着暴风雪席卷了原野，不管牧牛人怎么挽救，牛还是一头一头地死去，堆起了一座座白色的坟冢。郊狼乘虚而入，舔舐着尸骨，其他肉食动物也闻风而来，一天，天际出现了三只灰狼的身影。最先注意到这些不法之徒的，是鹿皮色马和斯摩奇，他俩竖直耳朵，与灰狼对视着。

斯摩奇没见过灰狼，可鹿皮色马见识多了，他身上还有跟他们交战时留下的伤疤。他发出了一声警告，斯摩奇本想跑近些看个究竟，可从鹿皮色马紧张的神情里，他看出这三匹灰狼和他一岁大时追赶过的郊狼不能等而视之，他还是乖乖留在马群里好。

是牛群将他们吸引至此的，草原上飘荡着死亡的气息，他们靠着灵敏的嗅觉一路至此。吃腐肉不是他们的做派，三匹狼经验老辣，只对鲜肉感兴趣。经过长途跋涉，他们已经饥饿难耐了，山脚下肥美的小马驹正合他们胃口。

可现在还是光天化日，他们习惯在晚上展开杀戮，于是他们记下了马群的位置，四处嗅嗅，确定周围没有危险，再迂回到隐蔽的地方藏好。沿途牛的尸体他们不予理睬，以防里面藏着牧牛人布下的陷阱，三只灰狼都是老道的猎手，他们被铁夹夹过，挨过人类的枪子儿，一只狼的身体里到现在还遗留着铅弹的残片。

鹿皮色马知道他们的诡计，开始变得焦虑不安起来，他停下刨草料，目不转睛地盯着四周的山脊，他突然意识到，这个山谷地形险恶，视野狭窄，等察觉到敌人的时候，马群已经是瓮中之鳖了。于是他起身离开洼地，走到一片视野稍开阔的地方才停了下来，马群见状也都惊恐地跟随着，甚至小马驹们也都预感到了危险的临近，他们瞪大眼睛，紧紧挨在妈妈身边。

天空中升起了一轮满月，踩得结实的冰雪路面上反射着月亮的寒光，空气仿佛凝滞不动，寒冷攫住了原野，这种气温下，一丝冷风就能把所有的动物冻僵。

马群驻扎在一座小山上，周围的情况尽收眼底，他们看上去好像冻僵了，要么就是石化了，唯一的生命迹象是，放哨的马儿耳朵偶尔会动一下，他们不放过或远或近、任何一丝可疑的响动。

远处，郊狼此起彼伏的嚎叫声交织成独特的夜曲，在山谷中回荡。这时，一声灰狼悠长、凄厉的嚎叫传来，马群本来平静无事，这下都抬起头来，向着声音传来的方向竖直了耳朵，鹿皮色马不住地喷着鼻息。

不安的氛围在马群中蔓延开来，马儿们一匹紧挨着一匹，躁动不安。三个黑影悄无声息地出现在了背后。

殿后的是鹿皮色马，有狼！他冲到马群中央，大声喷着鼻响发出警告，马群像炸开了锅，四处逃窜，狂乱地朝开阔的平原跑去，冰冷的空气被搅动起来，乱蹄带起积雪四下飞溅。

斯摩奇一马当先冲在队伍最前面，奔跑使得他热血沸腾，意识也逐渐由混乱变得清醒，突然一个念头一闪而过：他想看看这些狼到底有什么厉害的，让马群如此惊慌失措，于是他放慢了脚步，身边的马一匹匹超过了他。

鹿皮色马是最后一个超过斯摩奇的，他正催促两匹几个月大的小马驹快跑，雪这么深，跑得又这么快，鹿皮色马费了好大的功夫才让两个小家伙不至于掉队。

三只狼渐渐赶了上来，要不是斯摩奇，他们就对马群发动进攻了。狼以为落在最后面的这匹马跑不动了，放弃了抵抗，可斯摩奇是故意这样做的，他本想用蹄子狠狠教训他们，可现在他改变了主意，他想先陪他们跑一阵儿，看看他们有什么招数，再随机应变。

斯摩奇头和尾巴扬得高高的，眼睛里闪着一团火，把三只狼带离了马群的方向。灰狼本来觉得食物已经唾手可得，可眼看距离越拉越大，他们终于意识到上了当，追他简直是在浪费时间，这匹马的肉又老又硬，远不及肥美细嫩的小马驹，现在离马群的方向也越来越远，如果现在不掉头，最后很可能一无所获。

斯摩奇的调虎离山之计帮马群,尤其是小马驹们赢得了喘息的时间,他们得以放慢脚步,恢复下体力。

斯摩奇发现狼没再跟上来,于是掉头朝马群跑去,他有预感,马群这时候需要他,他要好好给这三匹狼点颜色瞧瞧。

斯摩奇回到马群的时候,正赶上三匹狼对马群发动攻击。他们完全无视鹿皮色马,觉得他太老了,没什么可吃的,于是绕过他扑向了一匹小马驹。鹿皮色马一向视自己为小马驹们的守护者,不然他早就逃在最前面,跑得无影无踪了,于是,当一匹狼扑上来的时候,他也扑了上去,与之展开了殊死搏斗。

灰狼始料未及,鹿皮色马便从后面杀出,把一只狼放倒在了雪地里,旋即又冲向了另外一只,这一匹刚回过神来准备迎击,硕大的蹄子便正当中踢在了他的下巴上,这下他再没办法咬小马驹了。鹿皮色马嘴里叼着几

缕长长的灰色狼毛，回头恶狠狠地盯着剩下的两头狼。

之前倒在雪地里的那只狼爬起来，对鹿皮色马发动了偷袭，万分危机时刻，斯摩奇及时赶到，快如闪电地扫了一腿，后蹄结结实实地踢中了那只狼的前腿，这条腿应声断掉，像牙签一样耷拉下来。

剩下的唯一一只身体还完好无缺的狼，目睹了战况后已经逃之夭夭了，他再没什么胃口吃马肉了，他现在只想躲开杀伤力极大的蹄子。他们之前太小看这两匹马了，否则也不至于落得这样的下场。

天空中月亮渐渐隐去，天亮起来了。平原上马群又在厚厚的积雪下刨草吃了，没有一匹马在昨晚的交战中受伤，可要是没有斯摩奇和鹿皮色马，恐怕是另外一副光景了。

郊狼的嚎叫声远去了，随着太阳慢慢升起来，西北方的天空上厚重的乌云也压了过来，像要把太阳吞噬掉。中午过后，暴风雪又在原野肆虐开来，马群顶风冒雪回到昨夜离开的山坡上，那儿实在是块挡风避雪的宝地。

那天晚上，又传来了一声狼的嚎叫，南边的远山传出了一声回应，悠长而凄厉，闻所未闻。斯摩奇喷着鼻息，一旁的鹿皮色马只是抬起头来，竖了竖耳朵，他了解狼的习性，他们是不会来的，至少今晚不会。

暴风雪持续了一整天，最后风偃息下来，雪花缓缓落下，填满了山谷。原野上又新添了几座矮矮的浅坟，其中一座不属于冻死的食草动物，而属于一只灰狼，他是被踢碎了下巴致死的。

几个月后，一个牛仔逮住了一只三条腿的灰狼，他仔细看了看，觉得蹊跷，心想好一颗犀利的子弹，能将整条腿如此干净利落地截下。

寒冬还在继续，漫长得盼不到头，大雪掩埋了一切，日头虽然越爬越高，却没添几分热度。食物也变得越来越难寻觅，马群艰难度日，与几个月前相比，他们的体态不再丰满圆润，变得骨瘦如柴。

山穷水尽之时，事情有了转机。天气突然变得温暖起来，向阳的山坡上，积雪开始融化，没几天，草场从冰雪下重见天日，新一茬的青草开始萌发，宣告着严冬结束，马儿们也不用辛苦地刨草吃了。

眼见着原野由白变黄再变绿，马儿们又变得欢呼雀跃起来，他们开始长膘，身上的鬃毛渐渐脱落，眼睛里也多了几分神采。几匹光溜溜的小马驹降生了，在原野上追逐嬉戏，给经过寒冬洗礼的马群重又增添了几分生机。

新生命的降生让斯摩奇和鹿皮色马觉得自己也变年轻了，他们沉浸在春天的喜悦中，尽情追逐，又不免有点羡慕小马驹的无忧无虑。

这样平静的日子过去了几个月，马群在草原上四处游荡，青草遍地都是，享之不尽，清澈的山泉淙淙流过平原，滋养了一大片杨木林，望也望不到边，杨木长得枝繁叶茂，投下一片片绿荫。马群习惯性地开始往山上迁徙，倒不是天气有多热，他们也许喜欢山上的微风，也许想找点不同的食物，或者只是为了避开原野上恼人的骑手。

可骑手哪里是这么容易甩掉的？这天，一个人骑在马背上，手里拿着望远镜，足足半小时，他都在观察着半英里外的马群。马儿们在山脊上玩儿得正欢，对注视着他们的眼睛全然不觉。

这人是罗技牧场的骑手，他一眼就看到了那匹神采奕奕的灰褐色骟马，不禁发出一声惊叹。他靠近了些，想仔细看看这匹好家伙，但又怕惊扰了马群，于是他记下了斯摩奇的位置，以便日后再来寻找。

等到斯摩奇有所察觉，抬起头来的时候，骑手已经消失在了天际，但是草原上有一匹骏马的消息已经传播开了，骑手们不久就会慕名而来。

斯摩奇就快满五岁了，这个年纪的骟马，要么被套上马具到农场里去干活，要么拉到集市上去卖个好价钱。斯摩奇自由自在的生活算是到头了，该是与人类生活一起，在牧场物尽其用的时候了。

事情发生得很突然，斯摩奇刚睡醒，就发现长腿骑手出现在了马群上方，马儿一拥而下朝平原跑去，一路被赶到了围栏里。斯摩奇意识到他又一次被困住了，四周全是粗杨木围成的栅栏，大门被重重地关上了。

旁边的另一个围栏里关着其他骟马，年龄都与斯摩奇相仿，骑手把两个围栏间的大门打开，单把斯摩奇从马群赶到了另一个围栏里，然后把剩余的马放走了。斯摩奇眼睁睁看着昔日的伙伴远去，一匹母马领着小马驹们朝高地走回去，鹿皮色马也跟随其后，他的朋友也要弃他而去了，留下他独自面对高高的围栏、陌生的马群，还有比恶狼可恶十倍的人类。

斯摩奇发出了一声悲鸣，鹿皮色马停下脚步，回头回应了一声，好像在等斯摩奇赶上来，但他了解人类，他知道斯摩奇接下来要面对什么，他曾经也被人类抓去，等到他老得干不动活儿了，人类才把他放了回来，他知道再等下去也是徒劳，于是掉头跑回了马群。

斯摩奇望着马群逐渐消失在视野中，要是没有栏杆，他多想追上去啊。一声沉重的开门声把他拉回了残酷的现实，一名牛仔走了过来，胳膊上搭着一长捆绳锁。一看到牛仔，恐怖的记忆又涌现出来，斯摩奇无处可逃，躲在角落里瑟瑟发抖。

斯摩奇不知道，其实他完全没必要害怕，牛仔对他只有爱慕和欣赏，没有一丝一毫要伤害他的想法。可怜的斯摩奇，人类劝慰的声音在他听来无异于猛兽的咆哮，而他是即将命丧兽口的受害者。

那牛仔深知斯摩奇的脾性，他就是在这种马的马背上长大的，驯服他们是他赖以为生的工作。他站在那儿，仔细观察着斯摩奇的一举一动，他很欣慰，毡帽下露出了非常满意的笑容。因为如他所料，这的的确确是一匹优秀的骑乘马，而非那种套上马具送去劳作的等闲之辈，他将是驯服这匹野马、跨上马背的第一人。想到这儿，他越发耐心了，眼睛一直注视着斯摩奇，慢慢抖动开手中的缰绳。

他试探着朝斯摩奇走过去。眼看着牛仔一步步逼近，斯摩奇想着该往哪逃，身旁的骟马都散开了，斯摩奇挤在他们中间，拼尽全力朝围栏另一头跑去。就在这时，他听见"咝咝"的响声，飞来的绳索像蛇一样把他的前腿紧紧缠住。

斯摩奇在空中乱踢乱跳，想尽力挣脱，可绳索缠作一团，使他侧面朝下重重地摔在了地上，他尝试站起来，但一次次都是徒劳。牛仔在一旁劝他停下来，斯摩奇却只是恶狠狠地盯着他，鼻子里喷着响鼻。

"乖乖躺着吧，我可不想你漂亮的皮毛蹭伤。"斯摩奇别无他法，这会儿他的四肢都已经给捆上了，动弹不得。他无助地躺在那儿，喘着粗气，心跳得厉害，全身的血液直冲脑门，大脑一片空白，他不明白自己怎么这么轻易就被放倒了。他从没这么绝望过，不论是遇到美洲狮还是灰熊，他都可以与之一战，可是碰上这个牛仔，他似乎没有一点胜算。人类有种神秘的力量，比一千头灰熊、美洲狮或是恶狼都还让他恐惧。

迷迷糊糊中，斯摩奇看见牛仔俯下身，用膝盖碰了碰他的脖子，好像毒蛇的尖牙探来探去，他脖子上的肌肉不禁一紧。接着，有一只手摸了摸他的耳朵，另一只摸了摸他的额头，斯摩奇并没有感觉到痛，他现在害怕得什么感觉都没有了。

紧接着，他的头上套上了"笼头"，鼻子套上了生皮做的"口罩"，脖子缠上了"缰绳"，与此同时，牛仔一直用低沉、轻柔的声音在同他说话。

牛仔摸了摸他的前额，站了起来，解开了斯摩奇腿上的绳索。这下腿是自由了，可他的脑袋却很困惑，他依然躺在那儿一动不动，这时，他感觉笼头上的绳子扯了扯。

"来吧，站起来。"牛仔说道。斯摩奇站了起来，蹄子不住刨着地，鼻子喷着鼻响，绳索还套在脖子上。不管他想怎么挣扎，那绳子像施了戏法儿，被牛仔轻松自如地摆弄着。斯摩奇累得眼冒金星，四肢叉开，豆大的汗珠从他光滑的脖颈滑落下来。

牛仔退后几步，打开围栏门，跨上了马背，斯摩奇觉得脖子上的绳子放松了一点，牛仔离他又足有三十英尺远，他觉得逃跑的机会来了，一跃而起，朝大门飞奔过去。

斯摩奇全力以赴，冲出了围栏，牛仔追了出来。为了躲开牛仔，斯摩奇慌不择路，正巧围栏边有条小溪，下游长满了高高的青草，斯摩奇朝那儿跑去。可没跑多久，他就感到脖子上的绳索一紧，勒得他停了下来，牛仔下了马，把绳子的另一头拴在了木桩上。

"小马啊小马，"牛仔站在那儿注视着斯摩奇，"别太和这绳子较劲，你好好对它，它也会好好对你的。"说罢，牛仔上马赶回了围栏，那儿还有很多野马等着他驯服。

这又长又软的棉绳啊,任斯摩奇又拉又扯,绷紧了又将他拽回原地,他越挣扎,就越感觉对人类无从反抗。可怜的小马意识到自由的日子一去不返了——那凉爽的树荫、清澈的溪流和任他驰骋的广袤草原,都在离他远去。他不知道未来是什么样,他只知道,围栏边、小溪旁,他被困在这儿,无处可去。

第五章　牛仔出马

大围栏总是尘土飞扬，克林特——罗技牧场的驯马师正在那儿忙活。这些野马膘肥体壮、性情粗野，总是不肯乖乖就范，克林特得跟他们斗智斗勇，才能如愿将他们驯服。驯马的日子漫长而艰难，天气也炎热难耐，可是克林特早就习以为常了，他十几年如一日，很少歇息，过度操劳已经让他显出了疲态。

克林特总是一波驯十匹野马，把他们治得服帖后，再循序渐进，驯十匹性子更野的，每匹马哪怕一天只骑上半个小时，长此以往，他们也会慢慢适应有马鞍的生活。总有一些野马没那么容易驯服，但是没关系，罗技牧场人才辈出，总有人治得了他们。

克林特有一套固定不变的驯马技巧，在罗技牧场的两年里，他驯服了近八十匹野马，到现在还无一失手。虽然说起来轻松，可没有一匹马让他省心过，他们油光铮亮的蹄子会闪电般踢过来，或者龇着牙扯烂他的衬衫，他每次跨上马背，这些狂野不羁的马儿都想把他撕碎，抛到尘土中，看他的心脏够不够坚强，会不会错位。

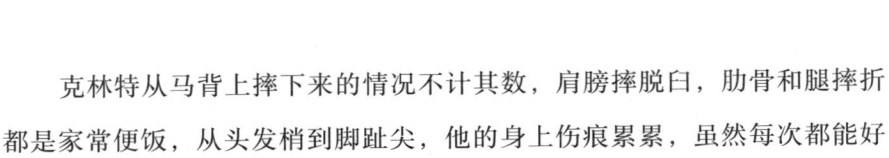

克林特从马背上摔下来的情况不计其数，肩膀摔脱臼，肋骨和腿摔折都是家常便饭，从头发梢到脚趾尖，他的身上伤痕累累，虽然每次都能好起来，但也落下了病根，他感觉自己就像是松动了的钟表，指不定哪天某匹马就会把这表拆得粉碎，拼也拼不回来。

克林特从刚成年就开始干这行了，如今他已年过而立，驯马的兴致依旧不减。不同于其他牛仔的是，他一年只工作四个月，一匹马每天顶多骑一个小时，没有什么比骑着自己健硕的马儿更让一个牛仔开心的了。

比起温顺但腿脚乏力的老马，牛仔更喜欢那种桀骜不驯，跑起来震得他们牙齿松动的年轻马儿，驯服这些马儿虽然很花时间，但那种成就感让他们笑逐颜开，感到无愧于身为一名牛仔的骄傲。

对克林特来说，马儿就是他的全部，他最大的乐趣，就是待在满是马驹的围栏里，抚摸他们光滑的皮毛。当看到哪匹马驹学会了他教的东西时，他比领了工资都高兴，要是特别机灵的骟马，教东西一学就会，他就会对这匹马格外倾心。但没有不散的筵席，训练到一半的马驹会被送走，每到这个时刻他就依依不舍。

"我感觉就像和这些马儿成了亲，整天生活在一起。"克林特说，"可是我们相处得正愉快的时候，告别的时刻就到了，我得不断地跟他们分别，所以还是不要太多愁善感的好。"

说起来容易，可是当别的牛仔把他亲手训练的小马驹牵走的时候，他还是难免觉得难受。"总有一天，"他暗暗地说，"我会遇到那么一匹马，到时我们再也不分开。"

克里特对斯摩奇一见钟情，这匹灰褐色的马驹如梦似幻，撩拨着他的心弦，仿佛只有在梦中才会出现。他透过围栏注视着斯摩奇，忘了自己只是受雇于牧场的驯马师，他想买下这匹马驹，要是买不起，就算去偷也在所不惜。

他把斯摩奇拴在围栏外已经有两天了，这两天里，他总害怕有人将这匹骏马占为己有，但是转念一想，任何人将他带走之前，得由自己先把他驯服，他要好好抓住机会。

接下来的两天里，克林特抓住一切时机向斯摩奇示好，建立信任——要是绳子缠得太紧，他就走过去松一松。渐渐地，斯摩奇不再挣扎，也不再感到恐惧，久而久之，每次克林特来看望他，斯摩奇还会觉得很安稳。

翌日傍晚，一天的工作结束之后，克林特又来看斯摩奇，在离他只有几步远的地方停下，卷了支烟，望着斯摩奇出神。

"斯摩奇啊斯摩奇，"他自言自语道，"你可真是匹好马。"克林特没意识到，"斯摩奇"这个名字脱口而出，从此这匹灰色骟马就有了自己的名字。

根据马儿的颜色、体型和行为特征，克林特给许多马儿取过名字。有些名字充满戏谑，比如他管一匹高大的马儿叫"矮墩儿"，又管一匹矮小的马儿叫"恨天高"，不过"斯摩奇"[1]这个名字倒是名副其实。因为他确实像一团闪着光的灰色烟雾，静静地站在那儿看着牛仔，还显得有些羞怯，好像随时要化作一团灰烟逃掉一样。

克林特知道斯摩奇心里在想什么，他的眼里还有一丝恐惧，紧张中透着战意，随时准备反抗。克林特知道这是他们的天性，马的性子越野，越

---

[1] 斯摩奇：原文Smoky，文中意为烟雾般的颜色。

难驾驭，征服他就越有成就感，要是看不到反抗他才会觉得失望。他想慢慢来，把野性十足的斯摩奇调教成一匹优秀的牧牛马。

克林特向前靠近了几步，斯摩奇向后退去，直到绳子绷紧，无处可逃，他刨着绳子，喷着响鼻。克林特放慢了步子，轻柔地说着话，在离斯摩奇只有几步远的地方停了下来，他右手握着缰绳，左手试探性地伸出，在斯摩奇的前额上轻轻地抚摸着。斯摩奇吓得身子一缩，但还是站住不动，感受着抚摸着前额的手伸向了他的耳朵。

斯摩奇在牛仔的袖口蹭了蹭鼻子，嗅了嗅，突然一口咬住了他的胳膊。这种情况克林特遇见得多了，他早有心理准备，他知道斯摩奇是不会扯掉他一块肉的。

"好啦，别淘气了，"牛仔继续抚摸着斯摩奇，好像什么也没有发生，"我只想摸摸你聪明的小脑瓜。"

克林特如愿以偿摸了摸小马的脑门，又顺着左耳往下摸了摸他的脖颈，梳理着他的鬃毛，把打结的地方捋顺。斯摩奇会时不时地闪躲，甚至有一次还亮了蹄子，但随着克林特不停地抚摸，他显得温顺起来。

克林特不停地说着话，他没有对哪匹马儿说过这么多话，要是斯摩奇懂人的语言，就能知道他的命运会如何了，可他这会儿哪顾得上未来呢，他全神贯注，提防着牛仔的每一个动作。

拴在这儿的几天，斯摩奇变得不那么暴躁了，他知道挣扎没有用，渐渐适应了绳子的存在，不再对它又咬又踢，一个方向走到头的时候，他就乖乖掉头。也许是绳子让他适应了肢体的接触，他对人的抚摸也不是那么抵触了，不过动作要恰到好处才行，要是太快或者用力过猛他还是会感到紧张。

"我肯定惊扰到你了吧,"克林特抚摸着他的肩背,"要是你只是匹普通的马,我就不会对你这么照顾了,明天我就会在围栏里驯服你,一个月后再把你送走。可我太喜欢你了,我想一步步把你培养成我的坐骑马,任草原上的哪个牛仔见了都会羡慕嫉妒。"

就这样,克林特倾尽自己驯马的全部本领,对斯摩奇开始了有条不紊的训练,不过,他并没有用陪伴斯摩奇的时间开小灶,因为这与"偷马"无异,他不愿意这么干,但为了不把斯摩奇拱手送人,他确实感觉有必要采取点非常措施。

克林特时时刻刻都惦念着斯摩奇,每天吃过晚饭,他就去小溪边看一看,每次看完回来,脸上都洋溢着快乐满足的神情。

斯摩奇已经被拴了一个星期了,这段时间内,克林特白天一边在围栏里干活,一边留意着斯摩奇,晚上则花好几个小时跟他在一起。小马驹已经习惯绳子的约束了,但对于牛仔,斯摩奇一直是中立的态度,他没法摆脱骨子里对人类的恐惧,虽然他们已经相处了一周,算很熟悉了,但人类对他仍然是谜一样的存在,做好坏的打算总没错,他的眼睛一刻也不离开牛仔,密切关注着他的每一个动作。

"我知道你盯着我呐,对不对,小马驹?"克林特说,"这样才好呢,你观察得越多,学得也就越快。"

斯摩奇就这样一直观察、学习着。一天傍晚,克林特收起了长长的绳索,牵着斯摩奇朝围栏走去,斯摩奇温顺地走在后面。走过围栏大门,他的心剧烈地跳动起来,这是要干什么?斯摩奇蹄子抬得高高的,谨慎地迈动步子,眼睛盯着任何看起来可疑的东西,栅栏上挂着的一件雨衣让他紧张起来,他喷着鼻响,往后退去。克林特安慰着他,领着他继续往前走,穿过另一扇门来到了一个小一点的围栏。围栏中央竖着一根木桩,上面放着一大块锃亮的皮革,那是克林特的马鞍。

"好了,小马驹,表演开始了,先来闻闻马鞍的味道。"克林特边说边转过头,抚摸着斯摩奇的前额。斯摩奇第一次不再关注牛仔,他的全部注意力都被这块皮子吸引了,他竖直耳朵,眼里闪着光,朝它喷着气,这个面目可憎的东西会不会突然蹦起来把他给吃了?

"看吧,闻闻,或者拿蹄子踹踹,怎么着都行,"牛仔说,"等你熟悉它了我们再继续,别着急,我不会催你的。"斯摩奇没其他事可做,继续研究着马鞍,克里特在一旁微笑地看着,抚摸着斯摩奇的耳背。

要是这时候马鞍有什么动静,斯摩奇肯定落荒而逃,克林特就再也别想驯服他了。但是马鞍躺在那儿,一动也不动,看起来不那么危险,于是斯摩奇环视四周,又端详起围栏里其他可疑的东西来,他的目光再次落在了牛仔身上。

克林特觉得时机差不多了,他慢慢地把马鞍朝斯摩奇拖了拖,斯摩奇喷着鼻息不停撤步,他无路可退了,抵着栅栏,牛仔手里还握着缰绳,朝他一步步逼近过来。斯摩奇浑身发抖,他低下身子,前腿直直

地向前伸出去，头几乎垂到了地面。

克林特见斯摩奇已经过了最害怕的时候，他把马鞍放下，拾起一块旧鞍褥，拿它扇起风来。斯摩奇困惑地盯着这个玩意儿，他喷着鼻响，试着转身踢它，不让它靠近自己，可是没用，鞍褥的一角碰到了他的脊背，他吓得缩了缩身子，蹄子不住地刨着地，挣扎着想跑开，可是牛仔牢牢地握着缰绳，他没法躲闪。

斯摩奇做着困兽之斗，他并没有受到伤害，只是那东西的样子让他本能地反抗着，他又变得像第一次被人类抓到时那样，充满了憎恨和恐惧，他只想跨过围栏，逃得远远的。

牛仔一声不吭，只是拿着鞍褥不停摩擦斯摩奇的全身，这是驯马过程中很重要的一步，虽然对马儿显得有些残酷，但是这能让他们明白，不管这些马具看起来有多可怕，却并不会造成伤害，这样他们才能与牛仔建立起信任。

不知是因为筋疲力尽，还是被折腾得晕头转向，斯摩奇慢慢安静了下来，蹄子不再胡乱踢腾，眼中怒火也不再摇曳，只是随着鞍褥的触碰，偶尔缩一下身子。"你很快就会喜欢上这个的。"看见斯摩奇平静下来，克林特说道。

牛仔扔掉缰绳，加大了动作幅度，鞍褥抚摸过斯摩奇的脊背、四肢和肚皮，斯摩奇不再退缩，只是静立在那儿，竖起一只耳朵盯着牛仔听，跟半个小时前惊恐的样子已经完全不同了。

克林特又忙活了一阵儿，确保马儿身上每一寸肌肤都抚摸过了。鞍褥柔软顺滑，抚摸的时候又能驱赶蚊虫，克林特看出斯摩奇开始喜欢上鞍褥了。

　　克林特重新拾起了马鞍，朝斯摩奇走过去，马鞍发出的吱吱声引起了斯摩奇的注意，牛仔小心翼翼，把鞍褥也一块带着，意思是告诉小马，马鞍也一样没有危害。

　　第一次驯马的时候，克林特总是习惯把他们后腿系上，一来不让他们踢掉马鞍，二来也能帮助他们站稳；对斯摩奇这样悟性高的马，彼此又很熟悉，只在前腿套上脚绊就行了。

　　之前的抚摸起了作用，克林特一边摆弄鞍褥，一边套上了脚绊，斯摩奇轻轻喷着响鼻，安安稳稳站在原地。

　　克林特把马鞍调松些，装在了小马背上。斯摩奇预感到要有新事情发生，但除了镫皮带和腹带的拍打声，一切无恙，他只是抖了抖肩部的肌肉，似乎在展示自己有使不完的劲儿，要是什么惊扰了他，他立马就能跑得无影无踪。

　　熟能生巧，克林特已经是个套马鞍的专家了，他动作熟练，悄无声息，给马儿腹部套腹带的时候，斯摩奇眼睛都没眨一下。正如前面所说的，用鞍褥抚摸马身是至关重要的一步，这步进行顺利，驯马过程就会轻松许多。

　　克林特解开脚绊，将斯摩奇牵到一边，这时小马才意识到身上装上了马鞍，他感觉后背勒得不舒服，这

种感觉让他不安，于是他垂下头，猛然弓起脊背跳了起来。

就算马鞍系得再松，马儿也不喜欢那种被束缚的感觉，克林特早有预料，斯摩奇低头的时候，他就把手中的缰绳稍微松了松，立稳脚跟，又把绳子收紧，这样自己既没受伤，马鞍也安稳地留在了马背上。

"好啦，斯摩奇，"斯摩奇停下来，转身看着牛仔，克林特说，"别浪费体力了，你要是想蹦，等我骑到背上的时候再使劲儿蹦吧。"斯摩奇没再动，他回想起被拴在小溪旁的日子，那个滋味儿他可不想再尝第二次。

很多人以为，驯服野马的唯一方式就是击垮他们的意志，这种看法真是大错特错，其实马跟人一样本性难移，即使很多年过去，他们的脾性也跟勒上缰绳前一样。

再说，牛仔们想要保留他们骨子里的野性，没有野性的马也就不能算作一匹马了。

外行人只觉得驯马粗暴，看不出其中的奥妙，其实这样做是很有必要的，否则最后吃亏的还是牛仔。如果训练不严格，野马觉得某一次反抗得逞了，下次他就会变本加厉，变得一发不可收拾。

斯摩奇既有性格，脑袋瓜又很聪明，克林特对他就像对待一个孩子，抓住每一个机会传授新的知识，表达自己的爱护。

"哎呀，斯摩奇，"克林特嗔怪道，"有时候，我必须得动用绳子你才能学得会，我可不愿意这么干，你肯定没把我当朋友，对吧？"

斯摩奇也迷糊了，眼前的这个人到底是敌是友？最初的时候他拼死抵抗，后来随着相处产生了信任，特别是当牛仔解开绳索、抚摸他、跟他说话的时候。

可是再后来，牛仔拿鞍褥摩擦他的身体，又给他绑上马鞍，刚刚建立起的好感又抛到了九霄云外，他不知道牛仔接下来要干什么，也不知道自己是该反抗，还是默默承受。

第六章　吱吱作响的皮革

一头儿握在牛仔的手中,一头儿系在小马的脖颈,这条绳子足有二十英尺长。牛仔站立不动,面带微笑瞧着小马脸上困惑的表情;小马方才弓背跳起来,想甩掉背上的马鞍,这会儿也安静下来,盯着牛仔。

"好了小马,放松,把头抬起来。"克林特边说边朝小马走去,他双腿分得很开,稳住下盘,眼中露出狂野的眼神。见牛仔走过来,斯摩奇呼哧呼哧喘着粗气,是该反抗、后退还是站在原地不动?他观察着,等待着,见牛仔没有伤害他的意思,稍稍放松了下来。克林特抚摸着他的额头和脖颈,柔声劝慰着,斯摩奇怦怦狂跳的心渐渐恢复了平静。

牛仔牵着他四处溜达了一下,每走一步,斯摩奇就听见马鞍发出的吱嘎的响声,他感受到了背上的重量,总想低下头把那个东西甩下来。可牛仔就在旁边盯着,他可不想驯马过程像上次一样中止。

他们走到了围栏的另一头,牛仔回过身,摸摸斯摩奇的耳朵,说道:

"好了，伙计，现在我要骑上去了，你会是啥反应呢？"

牛仔抓住了皮带，斯摩奇感到腹带勒紧了，他猛地弓起身子，克林特没有安抚他，任他这么弓着。这是一匹优秀骏马的本能反应，他不想扼杀他们的天性，他要顺其自然，温柔地驯服这匹野马。

斯摩奇蓄势待发，这时候一个错误的举动就会让他爆发，他看见牛仔捋了捋缰绳，不让它绊着自己的腿，又把帽檐往下拉了拉。忽然，他什么也看不到了，牛仔用拇指盖住了他的左眼皮，等牛仔松开手的时候，斯摩奇感到马鞍上又增加了重量。

斯摩奇感到很震惊，站在一旁的牛仔不见了，转眼骑到了马鞍上。出于本能，斯摩奇的唯一反应就是，不论是那块皮革还是牛仔，都不该出现在自己背上！他必须行动了，真是岂有此理！

斯摩奇垂下头，誓要把背上的人甩下去，他耸肩弓背，把马鞍挤得变了形，钢铁般坚硬的身躯瞬间绷紧，连人带马一起弹到了半空。斯摩奇身上每一根鬃毛都竖立起来，每一块肌肉都在紧绷，缰绳咻咻地舞动，皮革吱嘎作响，蹄子重锤地面，力度之大震动了整个围栏，搅起了一团尘土。斯摩奇把所有的恐惧、癫狂、绝望都发泄了出来。

即使隔着马鞍，克林特也能感觉到强劲的力道，斯摩奇身上的每一块肌肉都坚硬如铁，不停运动着，克林特感觉失去了方向一般，这在驯马时是最要命的，斯摩奇下一秒的动作没法估计，他的头甩向一个方向，马鞍却移向另外的方向。克林特不知道自己还能坚持多久，他尽量挺直身子，以不变应万变。终于斯摩奇累了，蹦跶不动，停了下来。要是这时候有阵风凉快凉快就好了，他张大鼻孔，喘着粗气，竖着耳朵，对牛仔怒目而视。

牛仔一只手抚摸着他的脖子："做得真不错,小家伙,"克林特说,"要是你没这样的意志,我反倒会很失望。"

如果斯摩奇像小狗一样,长久陪伴在人类左右,他或许能明白克林特在说什么,但他是一匹野马,生于平原和群山之间,虽然牛仔的声调和温柔的抚摸让他觉得很舒服,但是凭着本能,在他被彻底驯服的那一天到来前,他还是会一次次反抗。

这个过程是要循序渐进的,训练过程中,马儿总会被逼迫做一些不愿意做的事,这不断地削减着他们对人类的信任,现在的斯摩奇怎么也不会想到,将来有一天,他竟能和这个牛仔成为朋友。

斯摩奇不住地发抖,他琢磨着到底怎么才能对付这个人。这个牛仔把自己玩弄于股掌,自己却一点办法也没有,要是能把他甩下去,那真是大快"人"心,可事实证明这根本不可能,可怜的斯摩奇不知道"牛仔"这个职业就是专门跟他打交道的,就算把他甩下去了,还是会有其他牛仔来驯服他。

斯摩奇感到牛仔拍了拍他的脖子："来吧,小家伙,"牛仔说,"让我们在围栏里跑一会儿。"

与其说斯摩奇是在小跑,不如说他是在蹦跳,他还是时不时弓起背,做下反抗,克林特顺其自然,每当斯摩奇昂起头,他都会想办法让斯摩奇继续前进。渐渐地,斯摩奇也不再反抗了。

"今天就到此为止吧。"克林特说。他骑到围栏的一头,让斯摩奇面朝栅栏停下,他准备下马了,为了分散小马的注意力,他不断揉搓着斯摩奇的左耳。

克林特右脚着了地，左脚还放在马镫上，同时身子紧贴着马儿的肩，不让后腿踢到自己，牛仔这个姿势保持了几秒钟。斯摩奇盯着他，浑身抖得像是一片树叶，要是牛仔做错一步，随时准备瞅准机会狠踢他一脚。

牛仔是有意这么做的，这也是训练的一部分，他想让斯摩奇牢牢记住这个动作。克林特稳稳地控住马，动作缓慢而谨慎，他又一次跨上马鞍，整个过程干净利落，斯摩奇几乎没有察觉。

克林特反复做了好几次，斯摩奇有点害怕，他在发抖，但还是没动。可能他意识到了反抗是徒劳的，又或者是他太累了。终于，斯摩奇感觉身上轻松了，马鞍被小心地解了下来。他转过身，面朝着牛仔，嗅了嗅那一大块皮革，喷着响鼻，好像在说："我还以为那玩意儿要一直绑在我身上呢。"

克林特把马鞍放到一边，拿起麻袋揉搓着斯摩奇的后背，每搓一下，斯摩奇就抽动下嘴唇，一副很享受的样子，克林特一停下来，斯摩奇就示意他继续。

"我看我要把你惯坏了，"克林特边搓边笑，"才第一次训练，你就开始找乐子了。"

当天晚上，斯摩奇改拴在了别的地方，那儿青草丰美，可是不知怎的，斯摩奇没有胃口，第二天早上，克林特注意到草地基本没怎么动过，斯摩奇站在那儿发愣，对脚下的青草视而不见。

克林特在围栏里忙活的时候，总是忍不住透过栅栏往这边看几眼，可是斯摩奇每次都是待在同一个位置，低头也是有一搭没一搭地啃两口，并没有吃多少。

斯摩奇的生活正发生着剧变，一下子很难适应，斯摩奇比别的马更聪明，也更敏感，感受到的痛苦也就更多。

"今天就给他放个假吧，"看见斯摩奇到下午还没有好转，克林特心想，"他现在一定很不好受，多给他点时间让他想清楚吧。"

第二天清晨，天气一片晴朗。克林特一开门就留意到了小溪边的斯摩奇，看来他终于想通了，又开始吃起草来，他吃草的那个劲儿，好像要把前几天落下的全补回来。

克林特笑起来："我就知道他有主意，"他说道，"看来今天我要被狠踢一顿了。"

克林特忙活完白天的工作，驯完了另外九匹野马，就又把斯摩奇领进了围栏。斯摩奇看上去跟前几天有点不同，他的头仰得更高了——克林特知道这是什么意思。斯摩奇不再畏畏缩缩，也不乱喷响鼻，克林特给他绑上马鞍的时候，他看都没看一眼。

"我可不大喜欢你喷鼻子的声音，"克林特说，"听起来就是在向我宣战。"

斯摩奇确有此意。克林特半开着玩笑，他想顺其自然，不愿意动粗，这样才能俘获斯摩奇的心。克林特看见斯摩奇眼中闪着火光，他明白其中的含义，他明白一举一动中蕴含的意味，一场战斗在所难免。

"好小子，看到你今天充满了斗志我很高兴，"克林特把帽檐往下拉了拉，"你要是想反抗，我也会奉陪到底，看咱俩谁会胜出吧，来吧！"

克林特把手放到斯摩奇的左眼，跨上了马，斯摩奇只是稍微晃了晃脑袋，好像在警告牛仔："坐稳了，这一次可会比上一次猛烈得多。"

上次斯摩奇吓坏了,面对牛仔的举动手足无措,挣扎也是出于恐惧和绝望,毫无章法可言。这回,他吸取了上一次的教训,光靠蛮力是不行的,还要使点窍门,用点头脑,想办法抓住牛仔的弱点。斯摩奇低头看了看影子,明白牛仔已经上马了。

斯摩奇学到的一点是,一上来就一顿乱甩是行不通的。这次,他佯装低下头,随便抖动了下身子,一面关注着牛仔的动作,看他如何应对。斯摩奇做着接下来的打算。

就在克林特轻松地骑在马背上的时候,没有任何征兆,斯摩奇突然弹了起来,在半空中猛烈扭动起身子。克林特被这一招儿弄得措手不及,他身子离开了马鞍,歪向一边,这正是斯摩奇想达到的效果。自从被拴上绳子后,斯摩奇第一次感受到胜利的鼓舞,没准儿这次真能把牛仔甩下去,想到这儿,他跳得更猛烈了,在原地打着圈,不打算给牛仔留一丁点机会。

克林特还在坚持,虽然他的身子仍然歪着,屁股也坐到了马鞍的突起上,但他左手牢牢抓着笼头的缰绳,右手在空中挥舞,努力维持着身体的平衡。

战斗还在继续,眼看牛仔没有要被甩下去的迹象,斯摩奇犯起嘀咕来,他试过了所有的技巧,可为什么还是摆脱不了背上的这个人?他又陷入了绝望,变得愤怒、狂躁,全然忘记了他学到的技巧,对着空

气、地面毫无目的地一顿乱踢。

战斗没再持续多久，斯摩奇精疲力竭，四肢叉开，喘着粗气，完全没有了刚才的神气，斯摩奇不知道，要是他能再理智地坚持一会儿，牛仔可能就已经摔下来了。克林特跳下马，摸摸他的耳朵，梳理着他的鬃毛。

"我早就料到你会把我折腾得不轻。"克林特说道。

可怜的小马又一次在与人类的较量中败下阵来，但另一方面，他完全赢得了牛仔的心，他表现出的思考能力和意志力，都让克林特赞赏有加。

斯摩奇接连失利，你可能觉得他的意志会从此消沉，但斯摩奇的表现会打消你的疑虑，他花在思考上的时间更多了，吃草的样子更是表明他要养精蓄锐，为接下来的计划做好准备。

斯摩奇没对克林特感到怨恨，第二天早上，他反而对牛仔的到来表示欢迎，把头一个劲儿地往克林特肩上蹭，到了围栏里，两边又都严肃起来，一门心思只想着怎么赢对方，可是等战斗结束，尘埃落定，他们又相互致意，重归于好了。

斯摩奇已经输了两轮，但他依然坚信胜利的可能。克林特第三次爬上马背的时候，斯摩奇跳得比前两次更猛，牛仔骑在马背上，由着他折腾，要是换作别的野马故意刁难，克林特已经动鞭子了，可是斯摩奇不一样，他没有恶意，只是相信凭着自己跳跃的技巧，没有什么能束缚住他罢了，要是克林特能证明什么情况下都能够驾驭得了他，他应该也就放弃了。

前两次战斗结束后，克林特都是带他在围栏里四处走走，好放松下他耸起的肩背，斯摩奇觉得这次应该也不例外，可出乎他意料的是，这次围栏的大门打开了，克林特骑着他朝原野走去。

斯摩奇朝着高高的山脊奔去，那兴奋劲儿，像鸭子扑腾着入水。在围栏里待久了，大自然的景色又让他如沐春风，他一路小跑，不在意牛仔会带他去哪，有一会儿甚至忘了马背上克林特的存在，他竖直耳朵，又一次像一匹自由的马儿一样在原野上驰骋。

克林特知道，连输三场之后，斯摩奇需要调剂下心情，来原野上散散步能够帮他从失利的阴影中走出来。就在斯摩奇欢快地迈着步子的时候，发生了一个小的插曲，一只受惊的野兔突然从藏身之所跳了出来，蹦到了小马鼻子底下，斯摩奇猛地跳起来，闪到一边，正巧护腿的带子卷起来，擦到了斯摩奇的肩膀，这双重意外让小马惊慌失措，他又挣扎起来。

没跳几步，斯摩奇就恢复了清醒，刚才不是才跳过了嘛！克林特又任小马慢跑了一会儿，然后掉转方向，朝围栏走去，回来的路上，又练习了几次掉头，这也是驯马的一项内容。训练完成，克林特卸下马鞍，又把斯摩奇拴在了原处。

原野上的奔跑有点累，斯摩奇食欲大增，那天晚上，斯摩奇没想着怎么赢牛仔，饱餐了一顿之后，就进入了甜美的梦乡。第二天，在围栏里套马鞍的时候，他甚至都没去理会牛仔，他好奇地打量起另一个围栏的野马来，几天前，他一心只想怎么对付牛仔，哪里会留意这些？斯摩奇正悄无声息地发生着变化，不断反抗、不断失败的轮回让他厌倦，而且马鞍和克林特不再让他那么难以忍受了。

克林特骑上马时候，斯摩奇还是会照例反抗一下，不过没有前三次那么剧烈了，他只是喜欢这么做，也算是一种锻炼。即便如此，也够人受的，要是换了别的驯马师，恐怕已经被甩下来好几次了。

牧牛马斯摩奇

像昨天一样，跑一跑，掉掉头，一天又过去了，斯摩奇已经渐渐习惯了日常训练，克林特使出新花样的时候，立马引起了斯摩奇的注意。

克林特手里握着根绳子，长长地拖在身后，斯摩奇并不害怕，只是留神不让它绊住自己的腿。接着，克林特把绳子系了一个环儿，在空中慢悠悠地挥动着，斯摩奇回头饶有兴趣地看着，轻喷着响鼻，想知道克林特卖的什么关子。

克林特继续摇着绳子，圆环越来越大，然后"咻"地抛到了他前方的地面上，又迅速被拽了回来。斯摩奇惊地一闪身，喷着响鼻，他还没忘记之前所受的训练，身边有绳子的时候不要跑，反正逃跑也是没有用的。

牛仔又系了个环儿，扔出去，拉回来，如此往复。这次抛到这边，下次抛到那边，抛到身前，抛到身后，搞得斯摩奇都有些厌倦了。突然，克林特套住了一丛灌木，绳子系紧了，斯摩奇下意识向后退去，灌木丛被拉到了眼前，斯摩奇想逃开，可克林特握紧缰绳，让他直面眼前这个东西。

牛仔将灌木越拉越近，斯摩奇害怕起来，全身像片树叶瑟瑟发抖，那东西碰到了他的前腿，沿着肩膀往上拉，斯摩奇喘着粗气，又挣扎起来，无奈被牛仔紧紧控在原地。终于，克林特解开绳子，把那东西拿到小马鼻子底下，让他好看个清楚，想到自己刚才害怕成那个样子，斯摩奇不禁害羞起来。

木桩、树枝、旧马车的零件，凡是能拉得动的东西，克林特都拉到斯摩奇鼻子底下，让他研究个清楚，前几次，斯摩奇还是禁不住挣扎，可渐渐地，他习惯了，这实在没有什么可害怕的，最后拉上来一个哐当作响的煤油罐，斯摩奇已经能泰然自若地应对了。

克林特开始教斯摩奇拉稍重一点的物体——像是一岁大的牛犊那么重，把绳子拉紧，克林特轻扯绳子之后，再松开来。训练是很花费时间的，克林特每天只教一点儿，但是日积月累，斯摩奇也学了好多东西。

斯摩奇全神贯注，他的耳朵来回转动，鼻子不停扇动，眼睛绝不漏过一个细微的动作。克林特注意到斯摩奇对他也越来越信任了，当斯摩奇碰到新情况，害怕或是束手无策的时候，他的一句话、一下抚摸就能让他平静下来，克林特对此感到很是欣慰。

一天，克林特带斯摩奇来到了牛群里，带他熟悉下牧牛的技巧。他把斯摩奇停在牛群中间，截住一头肥肥壮壮、脾气暴躁的牛犊，让小马集中精神看，斯摩奇完全摸不着头脑，不知道应该怎样做，克林特也不着急，耐心教导。几天下来，加上前面套绳的训练，斯摩奇很快就领会了牛仔的意思，时不时地，克林特会用

绳子套住一头小牛，任小牛转圈儿、蹦跳、号叫，斯摩奇要做的就是好好盯着。

斯摩奇像个小孩一样痴迷于这个游戏，他喜欢追赶瞪着大眼睛的母牛，在她不想掉头的时候逼她掉头，把她赶到她不想去的地方；他喜欢紧绷的绳子，那感觉就好像他和牛仔主宰着游戏，让动物们干啥他们就得干啥。

每当克林特傍晚带他到围栏里套牛，斯摩奇就绷紧神经，全身心地投入到这场游戏中，怎样能赢得这场游戏斯摩奇了然于心，他不再像以前那样，费神考虑他不懂的事物。

斯摩奇在新的生活中找到了乐趣，有了高瘦的牛仔每天一块玩，他不再惦念鹿皮色马和以前的马群，妈妈更是被他抛在了脑后。

这正是克林特希望看到的，他尽力维持着这种状态，让斯摩奇一直能获得新的乐趣，又注意不让他劳累过度，只有这样才能保持他身心的完整。

第七章　患难见真情

春季的活儿忙完之后，杰夫·尼克斯，罗技牧场的牧牛领班，把马车队的摊子交给了副手，骑上自己最好的马，朝着克林特的驯马场走去。

天气酷热难耐，一丝风也没有，杰夫这个老牛仔骑着马，不时抬起帽檐，好让新鲜空气吹进来，身下高个儿的棕色马慢悠悠地跑着。每经过一处河谷或洼地，杰夫都会下意识瞥一眼，作为领班，他总是一边赶路，一边留心牧场里的各种情况，只要不是发生在千里之外的事，都休想逃过他的法眼，这么做不仅是为了牧场的利益，而且谨慎点儿对自己也没有什么坏处。

这时，在右边挺远的地方，扬起了一溜儿尘土，速度不快，像是什么东西在地上拖动引起来的。他停下马，好看个究竟，很快他就辨认出尘土中一匹马的身影，身上系着什么东西，被拖在地上走。

在这片原野上，杰夫碰见过太多人与马之间的事故了，他最好赶快去看看出了什么事情。他策马狂奔，跨过河谷和连绵的山坡，来到距那儿只有一丘之隔的地方，停下来仔细观察。

杰夫不敢轻举妄动，要是牛仔在驯马过程中不幸摔下来，那匹马又很桀骜不驯，现在贸然过去只会惊扰马匹，让情况变得更糟。他跳下马背，往前走了走，伏在一片草丛里，透过空隙观察着情况。在下面五十码的地方，有一匹灰褐色马，从套马笼头的样子来看，是驯到一半的野马，但却做着连大部分完全驯化的马都没法做到的事——他身上半挂半驮着个人！

杰夫认出那人正是驯马师克林特，他想立刻冲下去看看出了什么事，好帮他一把，但想到那匹马见到他之后可能会受惊跑开，他还是忍住了，他不知道克林特那样挂着，手是怎么抓得住马鞍的。

杰夫看到牛仔还活着，可他要是还有意识，这么对待一匹半驯化的马实在是太危险了。杰夫越是观察，越觉得纳闷，灰褐色马径直朝着克林特营地走去，与其说是拖着，实际上是在搀扶着牛仔走，而且每一步都小心翼翼，他观察着牛仔的一举一动，要是牛仔稍微没跟上，他就会停下来，等牛仔打起精神再继续前进。

那匹马经过一块大石头的时候停了下来，示意让牛仔踩着石头上马，眼前所见让杰夫震惊得张大了嘴巴。

"我的老天，我跟几千匹马打过交道，"杰夫说，"还从来没见过这么通人性的。"

那匹马耐心地站在那儿，尽可能地帮助着牛仔，足足半个小时，克林特终于翻上了马鞍。缰绳就那么松松地垂着，要是那马想跳起来，或者飞奔出去，没有什么能阻拦他，可他只是向前竖直耳朵，慢慢地迈着步子，像人一样，满怀关切，将自己的主人驮回了营地。

杰夫骑上马，在后面远远地跟着，刚才发生的一切让他不禁自言自语起来："我的老天，他竟然让克林特那样上马，为啥我骑的这匹温和的老马都不让我这么做?有些时候,马脑子里想什么真是让人捉摸不透。"

几个小时后,营地到了,杰夫四下看看,他们果然在那里。克林特还在马鞍上,看上去已经不省人事了,那匹灰褐色马驹站在围栏门口,一动不动,静静等待着。

杰夫骑着马朝他们走去,看到陌生人走近,小马不安地躁动起来,杰夫只好停下来,退回到小马看不到的地方,迂回到了围栏的另一侧。他把坐骑拴在远离视线的地方,猫着腰靠近了马棚。透过墙上的小孔看过去,小马和马背上的牛仔还在原地。接下来怎么做就是个棘手的问题了,杰夫不希望让马受惊跑掉,伤到牛仔,但是一直待在那儿也不是个法儿啊。

他决定冒险试试。他从马棚的一角走出来,动作又轻又缓,小马看到他了,杰夫对着小马轻轻地说着话,这似乎起了点作用,小马站在原地没动,要不要继续走,杰夫又犹豫了,他看见小马的眼睛里冒着怒火,警告他保持距离。杰夫对小马的举动很气恼,但又对他照顾主人的举动充满了赞叹,克林特头靠着小马的脖颈,依然躺在马鞍上昏迷不醒。

小马的反应一开始让杰夫很是困惑不解,他以为,看到自己小马会掉头逃跑,可是他却显示出战斗的意思,杰夫明白了,小马不是为了自己,而是不想让陌生人靠近自己虚弱的主人,真是令人惊叹!

自斯摩奇和克林特在尘土飞扬的围栏里第一次见面,已经过去了两个多月,这期间有过激烈的争斗,斯摩奇更是曾想致牛仔于死地,但是一步一步,克林特还是取得了最后的胜利。渐渐地,斯摩奇对牛仔产生了信任,与他成为了朋友,斯摩奇喜欢与他做伴,每天傍晚看到牛仔走过来,他会兴奋地嘶鸣着跑过去迎接他。

不管斯摩奇做了什么，克林特都抱之以友好和关爱，最后牛仔终于赢得了小马的心。每次克林特给他套上马鞍，带他去玩套牛的游戏，他都笑脸相迎。

斯摩奇对克林特的感情已经很深了，可是到目前为止，他只见过克林特一个人类，他了解克林特，但除他之外的人类还是敌人，眼前的这个人也不例外，现在自己的伙伴昏迷不醒，全靠自己来保护他，谁要是敢靠近半步，他肯定会把那人踢个半死。

杰夫站着想了好一会儿，才接受了马儿对人类这种不可思议的情感，他不可能为了救下克林特伤害或者杀死这样一匹良驹，他决定拿绳子套住马的脑袋，然后拖到围栏里，就在这时，克林特动弹了一下。

"起来啊，克林特，"杰夫大喊道，"快从那匹马上下来。"听见喊声，克林特抬了下头，花了好一会儿才明白杰夫说的是啥，于是他试着在马鞍上直起身子。大概是因为受了伤，他脸上露出了痛苦的神情。在杰夫的指令下，克林特费了好大工夫，才抬腿跨过马鞍，滑到了地上。整个过程中，斯摩奇像尊雕像般一动未动，眼睛死死地盯着杰夫，警告他不要上前，杰夫自然是乖乖照办。

"牢牢抓住马鞍，"杰夫说，"试着把马牵进围栏里去，我来关门。"

一关上门，克林特就手一软，瘫

倒在了地上，幸好杰夫能从围栏的空隙里够到他，但他还是得小心翼翼，免得惹怒了那匹小马。终于把克林特弄了出来，杰夫搀扶着他朝屋里走去。杰夫一边走，还不住回头看，虽然围栏又高又结实，但是关得住这匹小马吗？

太阳落了山，夜幕悄然降临，克林特终于清醒了过来，能开口说话了。杰夫照顾得很周到，煮了点肉干，盛了一大碗肉汤凑到克林特鼻子底下。

牛仔闻了闻，环视四周："斯摩奇呢？"

"是你骑着的那匹灰褐色马吗，那个好斗的家伙？"杰夫说，"关围栏里了，估计正在担心我会生吞了你。"

克林特没太听出这句话的意思，他问道："你能不能帮我把他的马鞍卸下来，拴在木桩上，喂他吃点东西？他很温顺的，很听话。"

杰夫哼了一声，苦笑起来："温顺？你就是把全套马具都给他戴上，我也不会想跟他打交道的，他巴不得把我的脑袋放在围栏上挤呢。我老啦，对付不了野马了。"

围栏里斯摩奇走来走去，既恼怒又焦虑，他顾不上背上的马鞍，也无心吃草。他知道自己的搭档出了事，现在又被一个陌生人带走了，这让他越发不安起来。

第二天，日头已经升得很高了，杰夫搀着克林特朝围栏走去，斯摩奇在那儿关了一宿，克林特放开杰夫，一个人沿着大门走过来，斯摩奇嘶鸣着迎上前去，他的耳朵向前竖着，眼里闪着光，饶有兴趣地打量着他，好像有很多问题要问。但是一看到杰夫，他的眼里又喷射出怒火，耳朵向后贴伏在脖子上。

"好啦，你要害我挨骂了。"克里特看到斯摩奇的反应，咧开嘴笑了。克林特回头看看老牛仔，杰夫可笑不出来，他觉得自己还是走开，留克林特和小马单独待着的好。克林特给斯摩奇卸下了马鞍，又给他喂了食，饮了水，这过程花了不少时间，杰夫又把克林特搀回了屋里。

回来的路上，克林特终于说出了那句话，这个想法已经在他的脑海里徘徊很久了："你知道的，杰夫，"克林特说道，"我觉得是时候结束我的驯马生涯了，尤其是在发生了这种事之后。"

"到底发生了什么？"杰夫问。

"都是因为那头蠢牛，"克林特说道，"那头母牛很狡猾，跑得又快，看到我要追她，就想逃开。我想这正是训练斯摩奇的好机会，我们一路追去，中间掉了好几次头，我把绳子扔出去，可是没套准，落在了母牛前面，它一脚就踩了进去，我使劲儿一拉，可能是用力过猛，那头牛直接就摔倒了，斯摩奇刹不住，我们就跨到了那头母牛头上。"

"这时候，那头母牛爬了起来，从下面顶了下斯摩奇的前腿，我们就连人带马飞到了空中，翻了几个跟头才又掉回地面。"

"之后的事我就不记得了，到现在我还感觉后背发沉，可能是落下来的时候，斯摩奇压在了我身上，不过我觉得是那头蠢牛踩了我，我才昏了过去。"

"我休养几天就没事了，可是我能感觉出这次伤得不轻，几年前我在别的牧场驯马，一匹顽劣的黑马也狠狠地弄伤过我，除了这两次，我身上的其他部位也都受过伤，我看我还是别再驯野马了，我很乐意有人来接手我的工作，如果你能让我去马车队干活儿就太好了。"

说到这儿，克林特沉默了一会儿，紧接着他又说："可是，我有个不情之请，杰夫，如果我留在牧场，能不能让斯摩奇一直留在我身边？"

克林特考虑很久了，要是他以驯马师的身份留在牧场，斯摩奇总有一天会被人带走，他只能孤注一掷，指望他的这个提议能被批准。杰夫站在那儿盯着斯摩奇，流露出欣赏的眼神，无疑，杰夫也很想要这匹马。克林特忐忑地瞧了一眼杰夫，等着他回话，杰夫似乎不想马上回答这个问题，他开口问道：

"你跟这匹马待了多长时间了，克林特？"

"两个月，可能还长点儿。"

"大约一个月前，是不是有几个牛仔来过，接手你驯的野马？"

"是。"

"那斯摩奇为什么没被带走，他明明比其他马驯得更好。"

克林特看了看马厩，笑了起来。

"唔，杰夫，我想你知道为什么。"

杰夫确实已经猜到了，经过这两天，他当然能看出克林特对小马的感情，肯定是牛仔们来取马的时候，克林特把斯摩奇藏起来了。他拍了拍克林特的肩膀，会心一笑。

"只要我还管理这个牧场，"杰夫说，"马车队随时都欢迎你的加入，我还是会配给你最棒的马，付你最高的工钱。至于斯摩奇嘛，我很喜欢这匹马。"

听到这，克林特的心提到了嗓子眼儿。"要是有这么一匹马当然好了，"杰夫继续说道，"但是想了又想，这匹马既不属于农场，更不属于我，他是你的专属坐骑，即使这匹马喜欢上了我——估计没这可能，我也不愿把他从你身边抢走。"

克林特原本以为过几天就会好起来，可他低估了自己受伤的程度。一周过去了，他的上身还是没什么劲儿，腰就像断了一样，直不起身来，连低头拾起马刺这样简单的动作也完成不了。

几天后，一个新牛仔接手了克林特的工作，从那时起，克林特经常到围栏去跟牛仔聊天，看他驯马，要么就去拴斯摩奇的地方，跟小马在柳树荫下乘凉。

杰夫的到来让克林特看清了小马对他的感情，这使他感到既惊讶又自豪，克林特开始用一种新的方式看待斯摩奇——这匹马终于全身心属于自己了，他不用再患得患失了。

转眼一个月过去，牧牛的马车队开始了秋天的工作，母牛带着刚断奶的小牛犊四处逃窜，寻找藏身之所。杰夫·尼克斯的马车队总共有二十二名骑手，克林特也是其中一员，这会儿他正骑在斯摩奇背上，被另外一个牛仔逗得哈哈大笑。

经过长时间的休整，克林特又能骑马了，不过不是什么野马——他给斯摩奇套上马鞍，骑着他去往大牧场，马车队就是从那儿出发的。

斯摩奇也跟着休息了很长时间，这天早晨，克林特给他套上马鞍的时候，缰绳的束缚还是让他有点不爽，但他预感到是要出席什么重要的场合，还是好好表现为好。

几天后，他们来到了大牧场。这么繁忙的牧牛大本营，斯摩奇还是第一次见到，牛仔多得看也看不过来，高高的栅栏里围满了马，棚子里还有更多，马车在帐篷间来来往往。一个胖墩墩的厨师从木屋里跑上前来，要跟克林特握手，斯摩奇喷了个响鼻，往后退了两步。

"哎？克林特，"那个男人说，"我听说你不再驯野马了啊，这匹怪吓人的马是怎么回事儿？"

"这个不算。"克林特微笑着说。

卸下马鞍之后，斯摩奇感觉轻松多了，他跟其他坐骑拴到了一个地方。斯摩奇打了个滚，抖了抖身子，就和其他的马打起了招呼，可是把围栏里转了个遍，也没几匹马愿意搭理他，直到最后，他遇见了一匹枣红色马，他们互相看看，感到似曾相识，就迎上前去。

他俩低下头，碰碰鼻子，好像有一种奇怪的心理感应，没过多长时间，他们就像兄弟一样蹭着脖子，之所以有这种感应，因为他们确实有着亲缘，眼前的这匹枣红色马正是三年前妈妈带回马群的那匹小马，斯摩奇的亲弟弟，如今他已经长大了。

斯摩奇注意到，他的背上也有马鞍的痕迹。几周前，一个牛仔套住他的时候，觉得这匹枣红色马肯定能成为优秀的牧牛马。杰夫同意了，兄弟俩才阴差阳错在这里重逢了。

就在兄弟俩蹭来蹭去的时候，克林特打开围栏门走了进来，杰夫跟在他的身边，斯摩奇盯着他俩看了好一会儿，尤其是杰夫，但很快他又去跟他的弟弟玩去了，因为克林特现在身体已经恢复了，能够保护好自己。

当天晚上，克林特又来看望斯摩奇，斯摩奇能感受到旁边的围栏里其他牛仔投来的目光，他越过克林特的肩膀看着他们，喷出了一声悠长的、如口哨一般的响鼻。

"幸亏克林特没把所有野马都训练成这个样子。"看到斯摩奇炯炯的目光,一个牛仔说道。

"可不是嘛!"另一个牛仔说,"这匹马只听他一个人的话。"

这天晚上,斯摩奇和其他马在草场过夜,他和弟弟一出围栏就形影不离,一块吃草,一块休息,直到第二天破晓,一个牛仔出现在天际,把他们赶回围栏,准备开始新一天的工作。

天刚一亮他们就出发了,牛仔们跨上马背,一辆装补给的马车、一辆装露营装备的马车、一辆装木头的马车,三驾马车首尾相连,等待着杰夫的指令。杰夫一声令下,三驾马车鱼贯而出,驶离了大牧场,后面紧跟着两百匹马组成的马队和侧翼的二十二名牛仔,正策马向前。

就这样,浩浩荡荡的秋季围捕开始了。

第八章　斯摩奇出动

对斯摩奇来说，秋季围捕的第一天就像儿童刚入学一样。他眼睛瞪得圆溜溜的，耳朵机警地聆听着，生怕错过一点儿好玩的事物。

周围有太多奇怪的事挑动着他的神经：前头的大马车，由四到六匹马拉着，哐当作响，声音骇人，一路跨越梯田、涉过洼地，在草原上颠簸行进；紧跟在后面的马队，发出震耳欲聋的蹄声，催促着斯摩奇快快向前，要不是有只手时不时地抚摸他的脖颈，熟悉的声音在耳边安慰，他早就逃离喧嚣的马队和人群了。

马队正在去往第一个宿营地的路上，牛仔们一个挨着一个，队伍十分拥挤，偶尔会有野马跳起来，想要甩掉背上的牛仔，斯摩奇也想这么做，但每当他烦躁不安的时候，克林特的手和声音总能让他平静下来，好像在说，只要有我在，别害怕。

马队继续前进，克林特逐渐把斯摩奇带到了队伍边缘，这样斯摩奇能更自在一点，从这儿看过去，整个马队也没那么吓人，而是变得有趣多了。

太阳已经升到了半空，领队举起手，在空中画了一个圈，示意马车队停下来，在干燥的地方扎好了营，厨子端着锅碗忙来忙去，眨眼间，绳子围的简易围栏搭好了，马队被赶进了里面。

斯摩奇饶有兴致地看着这一切，他尽可能地调动眼睛和耳朵才能应对这么多的马和人，他时不时地喷出低沉的鼻息，能看到这么刺激的场面，劳顿点也是值得的。

"过来吃饭了，牛仔们！"厨子吆喝着。克林特朝斯摩奇走过去，摸了摸他的耳朵，把他牵到了绳子围成的围栏里，跟其他马待在一块。

"好好休息会儿，斯摩奇，"克林特一边说着一边松开马鞍，"别让那些捣蛋的小马欺负你。"

斯摩奇盯着克林特看了一会儿，好像在问："你要去哪儿？"然后就消失在了马群中，克林特目送着他远去。

托盘里塞满了用过的锡杯和浅碟，牛仔们吃过饭后，就朝围栏旁堆放的马鞍走去。他们从马鞍上解下缠绕的绳子，一头打成圈儿，朝着他们看中的马抛去,绳子在空中飞舞,像一根根伸得老长的手臂。

斯摩奇看见绳索在围栏里上下翻飞,套住了其他马的脖子,虽然周围很平静,马儿也没有惊慌乱跑,但看见弯弯曲曲的绳子,斯摩奇还是感到十分不安,他忘不了第一次被绳子套住时绝望挣扎的感觉。他不自觉地往马群里躲,可是看起来没有哪儿是安全的,绳子似乎无所不及。

斯摩奇一个劲儿往后退,挤到了围栏边上,他想再次挤进马群里,可是马群密不透风,他只能站在原地惊恐地看着这一切。牛仔们就在几英尺外,这让他很不自在,他正要尝试再次钻到马群里,就在这时,斯摩奇听到了再熟悉不过的马刺声,他看见克林特就在不远处,正给一匹没见过的马上马鞍。

看见牛仔,斯摩奇仰起头,伸长脖子,嘶鸣起来,好像在说:"搭档,快救救我!"听见这个熟悉的声音,克林特猛地转过头来。

克林特笑了:"怎么了,小马?"

克林特明白是怎么回事,他听见斯摩奇心脏扑通扑通地狂跳,身体也不停地发抖,克林特抚摸着他的后背,没过一会儿,斯摩奇就平静了下来,这让克林特很欣慰。

看斯摩奇恢复了正常,克林特又想去给另一匹马上马鞍,斯摩奇碰碰他的腿,好像在说:"别走,再待一会儿。"

称职的牛仔应该帮着去收拾营地,可克林特还是一直陪斯摩奇,直到最后一个牛仔套好马,骑上马离开。看守把马群放了出来,喂他们吃草,之后马车队又重新上路,向着晚上的宿营地行进。

看着斯摩奇的身影消失在马群中,克林特才卷起围栏的绳子,跟另外一个牛仔一起，放到了一辆马车上，方便下次取用。

离厨师跳下车喊牛仔们吃饭过去了还不到一个小时，这会儿他又出现在了马车上，牛仔们帮他把绳子绑好。队伍最前头的领队出发了，厨师也赶着马走了起来。补给车队晃晃悠悠走在最前面，装木头的车队跟在后面，然后是二百多匹马组成的备用马队，由紧随的牧马人看守着。

第一轮围捕预计就在今天下午进行。大多数围捕车队都是由三驾马车组成，一辆装炊具和锅碗瓢盆，供厨子做饭；一辆装防水帆布卷成的铺盖，二十多个人的铺盖得占好大空间，特别是原野上有些地方还会六月飘雪；剩下的一辆马车装着木头和水，以防荒凉的野外找不到柴火和水源。

厨子亲自驾着装炊具的马车，厨子的助手驾着装铺盖的马车，而装木头的马车由"夜鹰"（夜晚看护马群的牛仔）驾着。这三驾马车组成的马车队就是牛仔们流动的家，车上还装着腌肉条、衣服、床褥等杂七杂八的东西。

马车队组成的移动营地每天都要迁移，有时一天甚至要转移两到三次，这全看草原上牛群的动向。以马车队为起点，牛仔们会朝一个方向跑出十到十五英里，然后两人一组，向各个方向呈扇形散开去，直到视野里看不到牛犊的踪迹为止，然后牛仔们将包围圈收紧，把其中的牛犊都赶回到马车队，这个过程就叫作围捕。

像这样的围捕一天会进行两次，每次大概覆盖二十五英里的地区，牛仔外出围捕的时候，马车队可能会在新的地方扎营，但马车队总是围捕的终端。离扎营地大约一英里的地方，有一个安置牛犊的分流点，围捕来的牛犊会在这儿进行筛选，不符合要求的就会被剔除出去。

杰夫骑着马一路慢跑，看着牛仔们如此卖力工作，马车队井然有序地朝夜间宿营地驶去，不禁露出了满意的微笑，他为有这么一帮优秀的牛仔感到骄傲。

克林特正骑着一匹名叫查珀的阿普洛萨马，这匹马算是最好的围捕马之一，只不过克林特现在还没心顾及，他一心想着斯摩奇，在飞扬的尘土里搜寻着那个灰褐色的身影。

可斯摩奇呢，他跟在马车后面玩得可好呢。一离开克林特，他就碰到了弟弟，两匹马打过招呼，肩并肩走在一起，十二匹最年长也最智慧的马儿脖子上佩戴着铃铛，清脆的响声让斯摩奇心情愉悦，他很高兴又能跑起来了，身边还有这么多伙伴陪伴着他。

下午三四点钟的时候，马车队第二次扎营，营地坐落在小溪的下游，掩映在茂密的垂柳和杨树林里。牧马人解散马群，带他们去一英里外的地方吃草，等他们吃饱喝足，在地上打够了滚儿，才将他们用绳子围起来。厨子们到森林里搜集食材，其余的杂活儿都由牧马人负责。

一边干活儿，牧马人还得一边留神着马群，要是马儿想开溜，牧马人就得飞身上马，把他们追回来，看着他们直到打消逃跑的念头。有的牧马人总是抱怨马儿难看守，以期少干点活儿，不过他们说的还真是没错儿。

斯摩奇和弟弟佩科斯倒是没想逃跑，他们啜饮清凉的溪水，在地上打滚，悠闲地啃着草。时不时地，斯摩奇抬起头来，看看四周环绕的群山，铃铛声、马儿的嘶鸣声、厨子摆弄锅碗瓢盆的声音此起彼伏，这一切都是新颖而有趣的体验，斯摩奇沉醉其中。

太阳移到了西山，斯摩奇看见南面扬起了一阵尘土，直冲云天。随着尘烟逐渐靠近，隆隆的响声也慢慢清晰，一大群牛犊朝这边跑了过来——这是第一次围捕的战利品，足有一千多头，各色各样，形态迥异，正浩浩荡荡地越过山脊，朝着分流地狂奔过去。

为了分流牛犊，牛仔们需要换上备用马，牧马人悄无声息地把马群围了起来，供牛仔们挑选。绳子又嘶嘶地飞舞了起来，斯摩奇又变得惊慌失措，虽然他听到有个熟悉的声音在他耳边说："怎么了，斯摩奇？"但他只想着躲避，顾不上回应，等牛仔套完后，马儿们又被放回去吃草，牧马人仍守在一旁。

与马群一溪之隔的地方，牛犊分流工作正在紧锣密鼓地进行，那些不合要求的牛犊，立马就被放归草原。斯摩奇敏锐的鼻子捕捉到了一股烧焦的气味，牛犊哞哞地叫着，烫红的烙铁正在烙印戳记，斯摩奇喷着低沉的鼻息，好奇地观望着。

斯摩奇盯着工作中的牛仔，看他们用长长的绳索套住牛犊，斯摩奇熟悉这些步骤。不知怎么的，斯摩奇心跳加速，他想靠近点，参与其中。

烙印的工作终于结束，空中也不再飘荡焦糊的气味，最后一圈绳索已经盘好，挂在了鞍角上，牛仔们陆续离开围栏，回到了营地。斯摩奇和佩科斯磨蹭着脖子，一边听着远处杯碟碰击的声音和牛仔爽朗的笑声，一边低头搜寻最嫩的青草。

四个牛仔骑上马前去换牧马人的班，静谧的夜晚降临在原野，牛犊不再哀号，马儿也打起了盹儿。这时，从营地传来了一种闻所未闻的声音，斯摩奇竖起了耳朵聆听。

牛仔们生起了一大堆篝火，杰夫、厨子、牧马人围成了一个圆圈，或

牧牛马斯摩奇

倚或躺在防水布做的铺盖上，听最靠近篝火的那个人吹着口琴。

原来斯摩奇听到的是这个声音，年长的马匹对这声音再熟悉不过了，要是他们中谁起个调，马儿们一准会跟着哼唱起来。

这首曲子是一名印第安老牛仔传给儿子的，在牧马人里广为流传，每每听到，总能触动牛仔们的心弦，让人联想到这样的画面：夜晚笼罩着原野，静谧中突然传来一声惨叫，老牛仔跌落马下，只剩凄凉的歌声在空中飘荡。

哦，我是来自德克萨斯的牛仔，故乡在远方，
如果我能回到家，我不会再流浪。
怀俄明太冷，冬天太漫长。
围捕又开始了，身无分文的我很忧伤。

克林特和其他牛仔一样，轻轻地和着歌声，虽然时不时会串到其他歌上，但却又和谐相通。

最后一句唱完，有的牛仔意犹未尽，有的拉低帽檐，呆呆地注视着火焰，任思绪把他们带到远方。

四下静谧无声，只有篝火噼噼啪啪地燃烧，一个牛仔正准备开口唱另一首古老的歌谣，这时马群的方向传出了一声嘶鸣。

听到这熟悉的声音，克林特朝斯摩奇的方向看了一眼，露出了微笑——牛仔们的歌声飘到了围栏里，斯摩奇停下吃草，一曲唱罢，望着小溪下游的那一簇篝火，发出了一声嘶鸣。

斯摩奇长久地凝视着，夜深人静，火光也黯淡下来，只剩下灰烬。第

一拨值夜班的牛仔开始换班，斯摩奇还在看着，佩科斯在一旁睡得香甜，没过一会儿，斯摩奇也困了，靠着弟弟睡着了。

东方泛白的天空预示着新的一天已经到来，"夜鹰"围拢马儿，朝着营地赶去，天还蒙蒙亮，绳子就又套上了马儿们光滑的脖颈，新一天的工作开始了。

牧马人把马儿们放出来吃草，另一边，牛仔们开始拆除营地。一切收拾妥当，抬上了马车，领队一声令下，马车队又上路了，太阳刚刚露出头来，厨子们已经走出了十英里，锅碗瓢盆在阳光下闪着金光。

虽然换了一个地方，但是工作都和昨天类似，上下午各进行了一次围捕，分流，烙印，空中又飘起焦糊的味道。对于陌生牛仔和套马时嘶嘶的响声，斯摩奇已经习以为常，不再害怕，"夜鹰"带马儿们出去过夜的时候，斯摩奇咬了咬佩科斯的肚子，他的玩心从来没受到影响。

围栏外的时光，斯摩奇总是过得格外开心，斯摩奇没见过围捕，也不知道作为一匹备用马意味着什么，看着遍地跑的马儿、号叫的牛群、漫天飞扬的尘土，斯摩奇总是不由自主地心跳加速。

第三天早晨，克林特向领班问道："杰夫，上午这场围捕阵势很大吧？"杰夫看出了克林特的心思，他微笑着答道："你就尽管骑上斯摩奇去吧，我把你安排在内圈，不至于累着他。"

看见克林特走过来，斯摩奇迎了上去，克林特没给他套上绳子，这在罗技牧场绝无仅有，看见这种亲密的关系，所有的牛仔都会眼红。

克林特骑到了斯摩奇背上。一感到肚带勒紧，斯摩奇就高高地耸起了背，克林特微笑着说："你这是准备把我一把老骨头颠散啊。"斯摩奇确有此意，克林特一坐稳，他就低下头，又蹦又叫，像一头吃人的野兽。对一匹有活力的马儿来说，在秋天寒冷的早晨撒撒欢再正常不过了，克林特也开心地把斯摩奇屁股上的灰尘掸掉。

"省省劲儿吧，"克林特把斯摩奇的头拉了起来，"还得留点儿力气回来呢。"

他们来到了离营地约十二英里远的小山丘上，杰夫命牛仔散开，像细密的梳子一样耙过原野，搜寻牛群的影踪，克林特和另外一个牛仔分在内圈，负责将牛群赶回营地。

把牛群往营地赶的半路上，斯摩奇看到左右两边扬起了尘土，原来是另外两拨牛群，被牛仔驱赶着汇入了克林特的牛群。到达营地的时候，所有的牛群都汇成一股，二十多名牛仔齐心协力，把一千多头牛犊赶到了分流处。

斯摩奇一路呼吸着尘土，对昏头昏脑的牛犊围追堵截，简直累坏了，后背上的马鞍也捂得燥热难耐。回到营地，解下马鞍，斯摩奇如释重负，克林特带他来到小溪边，洗净后背上的汗水，又把他放回到了围栏里，经过一番放松，斯摩奇忘记了第一次围捕的劳顿，感觉轻松自在。牛仔们又来套马的时候，斯摩奇没有躲开，他觉得自己刚干完活儿，应该不会再被选到了，但是站在几英尺外的佩科斯被选中了。选马完毕，没被套中的马儿又可以自由活动了，可斯摩奇没动，他看到克林特正给另外一匹马套着马鞍，不禁好奇他要做什么，直到牧马人过来赶他，他才追上马群去了洼地。

斯摩奇周围铺满了青草，他站立不动，回味着刚才的一切。斯摩奇自觉已经对牛群了如指掌了，他不再是一匹半驯化的野马，只要和牛仔联手就能所向披靡。

斯摩奇觉得自己已经可以和经验丰富的老马相媲美了，这种骄傲自大的情绪遭到了老马们的一致抵制，在老马眼里，他跟未被驯化的野马没什么两样。

但是，斯摩奇的自信和不断学习的精神还是值得嘉奖的，相信在克林特的调教下，斯摩奇终有一天会变成熟的。

每一天，斯摩奇都盯着进出的牛群，紧随着马车的每一步动向，熟悉着在头顶飞舞的套绳，克林特总是在围栏旁帮助斯摩奇熟悉环境，他总是出现在同一个位置，每次斯摩奇想引起他的注意的时候，就碰碰他的衣角。

每个骑手都配有大概十匹马，每天轮三次，这样一匹马每三天参与一次围捕，每次四到六个小时，今天正好又轮到斯摩奇。

斯摩奇已经参与了三次围捕，刚刚掌握了驱赶牛犊的技巧，就已经晋升成了"日间看守马"的级别，虽然这里面多少有克林特的一点私心，但斯摩奇一丝不苟，从来没有让克林特失望过。

晋升的缘由是这样的。有一天，一大批牛犊被赶来分流，克林特想换上斯摩奇试试，主要工作是看着牛犊不让它们逃跑，参与这项工作的还有其余十二个牛仔，他们都骑着训练有素的老马，斯摩奇也不甘落后，他的眼里放着光，两耳之间因为兴奋而有点儿发痒。

说时迟那时快，一头硕大而精壮的牛犊冲了出来，躲开其他牛仔，朝着旷野冲去。斯摩奇有点恍惚，只觉有光影从眼前一闪而过，克林特轻拉了一下缰绳，斯摩奇立马明白了用意，朝着那头牲畜飞速追了过去。

追回逃跑的牛犊后，克林特露出了满意的微笑，斯摩奇神气地站在牛群旁,好像在说:"从我这儿逃走的牛犊,没有我追不回来的,别的马都能做到吗?"

从那时起,斯摩奇多了一项工作,那就是在白天看守牛群,杰夫带着其他牛仔出去围捕的时候,克林特就给斯摩奇松开绳子,捆上几头顽劣的牛犊,供斯摩奇玩儿。

牛群也有乖乖吃草,不想着逃跑的时候。这时克林特就会带着斯摩奇走到小山坡上,从马背上跳下来,在树荫下叉开身子,打上一会盹儿。而斯摩奇就一动不动地站在那儿,一只眼睛看着牛仔,一只眼睛盯着牛群,甩动尾巴驱赶飞蝇。就在这悠闲宁静的时光里,他们不断增进着对彼此的了解。

第九章 为斯摩奇而战

　　晴朗凉爽的秋日所剩无几，冬天步步紧逼，冻雨过后，往日尘土飞扬的道路变得泥泞不堪，盘着的绳索变得像钢缆一样坚硬，浸了雨水的马鞍变得湿冷而沉重，惹得本就冻得发抖的马儿时不时弓背跳跃起来。

　　秋捕临近尾声，牛仔们套着长长的黄色雨衣，盘算着能拿到多少工钱，在马车和围栏间的泥泞里艰难跋涉的时候，你根本不会考虑更多事情。白天穿着湿透的鞋袜，在下不去脚的泥地里套马鞍，牧牛时要担心又跑又蹦会不会摔倒；晚上在室外瑟瑟发抖地值两小时班，潮冷的被褥又令人辗转难眠，这一切不禁让人渴望一个温暖干燥的地方——那儿的壁炉里生着火，床上铺着整洁的被褥，桌上放着各色杂志供人取阅。

　　随着最后一匹肉牛被运走，杰夫的牛群里只剩下了母牛和刚断奶的小牛，他们需要的过冬草料又会是很大的一笔开支。

　　"再过一两个星期，我们就能回到大牧场了。"杰夫说道，可他似乎过于乐观了。当三个星期后，牛仔们最后一次宿营时，地上已经积起了六英寸厚的雪。

"等会儿，斯摩奇，等我先骑上去行不？"克林特稳住斯摩奇，一只脚踩上了马镫，他裹着厚厚的衣服，行动不便，而斯摩奇早就冷得受不了了，背上的雪凝成了冰，先清理掉才能套上马鞍，牛仔还没坐稳，斯摩奇就蹦跳起来，克林特也不介意，耸起背跳一跳，能让小马身子暖和一点。

克林特和斯摩奇一圈又一圈地跑着，又蹦又跳，克林特任他撒欢儿，在马背上放声大笑。

这是秋捕的最后一天，空气中弥漫着兴奋和焦急的味道，所有工作都忙活完了，厨子爬上马车，接过牛仔递给他的缰绳，大喝一声，马车队一字排开，朝着大牧场走去。

牧场的大门已经遥遥在望了，天气也很晴朗，年长的马明白就要到家了，都竖直了耳朵，没有想逃跑的。当晚，马群被安排在一片草场过夜，第二天，几个牛仔带领他们穿过另一扇大门，出了牧场。

马儿们去到越冬地之前，克林特还想再看一眼斯摩奇，他主动请求随行，要亲眼确认过越冬地的情况他才会安心。中午，他们抵达了目的地，克林特跟在马群的最后面，他欣喜地看到，即使积雪厚达六英寸，也没盖住茂盛的青草，溪谷被浓密的柳树围绕，真是个遮风避雪的宝地。

克林特停下马，两百匹马儿分散开去，克林特注视着这些熟悉的背影逐渐远去，直到明年春捕开始，他们才能重逢。这些马中，许多都是克林特亲手训练过，取了名字的，从桀骜不驯的捣蛋鬼，到领队骑的良驹，克林特对每一匹马都了如指掌。

克林特看见一匹名叫"野猪猎犬"的栗色大马，想当初，他宁可自杀也不想让人骑，现在，他动不动就要折腾死几个牛仔；接着克林特看见了另一匹马，鼻梁高高的，最开始他怎么也不跳，克林特就在他尾巴上拴了根绳子，从那之后他就突然喜欢上了蹦跳，现在可谓远近闻名了。

每一匹马都能勾起克林特的一段回忆，克林特对每一匹马的情感也不尽相同，一匹鬃毛蓬乱的黑马朝他看了一眼，喷着响鼻，克林特记起一个牛仔在解马鞍时丧命在了他的蹄下。

他感到一阵悲痛，这时，如同一束驱散乌云的阳光，斯摩奇从马群中露出了身影，站在离克林特只有五十英尺的地方。看到小马，牛仔笑逐颜开，从马背上跳下来，斯摩奇看见牛仔，抛下佩科斯，一边欢快地叫着一边朝克林特跑了过来。

"你真是个善解人意的小家伙儿。"克林特不住地抚摸着斯摩奇的脑袋。

"好啦，我看这个过冬的地方还真不赖，草料充足，肯定不会掉膘儿的，"克林特摸了摸小马的肋骨，笑着说道："但你要是变胖了，可就跑不动了。"

克林特回身骑上了马，斯摩奇一直跟在后面，克林特开口了："你知不知道整个冬天，我们都见不着面了？时间真长啊，不过没事儿，老伙计，来年春天，我肯定会是你看到的第一个牛仔。"克林特又一次摸了摸斯摩奇的后背，"再见吧，斯摩奇，好好保重，打起精神来。"

斯摩奇久久伫立在原地,目送着克林特逐渐远去,直到他变成远处山脊上的一个小点儿,他嘶鸣一声,这才掉转头,跟佩科斯一块吃草去了。

冬天来临了,原野又被冰雪和寒风所统治,郊狼饥饿地嚎叫着,草原上没什么可吃,偶尔捕获几头乱窜的牲畜还不够果腹。马儿和牛犊个个膘肥体壮,看守白天忙碌了一天后,晚上累得倒头就睡,也顾不上别的了。

有了充足的脂肪储备和厚厚的皮毛,斯摩奇足够应对这个寒冬,他瘦了几斤,不过看上去并无大碍。草料很充足,在雪地里刨草权当是日常锻炼,为了保持良好的血液循环。

寒冬还在继续,马群从一个山坡迁往另一个山坡,从一处栖息地换到另一处栖息地,一切看上去都安静祥和,但是那匹鬃毛蓬乱的黑马的到来打破了这种和谐。一开始,斯摩奇和佩科斯对黑马的到来表示欢迎,兄弟俩有用不完的精力,多个玩伴总是好的。

这匹高大的黑马似乎对佩科斯情有独钟,却不怎么待见斯摩奇。佩科斯保持中立,不知道黑马追赶哥哥是何用意,斯摩奇也没太在意,只是坚定地捍卫着自己的领地。渐渐地，黑马得寸进尺，时不时朝着斯摩奇冲过来，那气势像是要把他撕成碎片，但斯摩奇也不是好惹的，他步步为营，当仁不让。

可是黑马比斯摩奇年长一倍，体重多一百磅，也懂得更多的决斗技巧，斯摩奇在与他的对战中都败下阵来。佩科斯见黑马恃强凌弱，侵占领地，便开始讨厌起他来。

所以当黑马又一次垂下耳朵，朝斯摩奇冲过来的时候，佩科斯挺身而出，从一侧狙击了他，黑马四脚离地，越过斯摩奇的头顶，重重地摔了下去，等他挣扎着从雪地里爬起来，发现兄弟俩恶狠狠地瞪着他，他只好甩甩头，知趣地走开了。

不知道是一根筋，还是顽劣成性，又或是不服气昨天的失败，黑马第二天又来挑衅，佩科斯先注意到了他，战斗一触即发，可佩科斯不是黑马的对手，只能勉强抵抗。就在这时，斯摩奇化身一颗重磅炸弹，以雷霆万钧之势朝黑马撞了过来，黑马唯恐避之不及，躲开飞舞的蹄子和锋利的牙齿，灰溜溜地逃走了。

第二天，黑马跟"野猪猎犬"、大鼻子的捣蛋鬼以及其他顽劣的马走到了一起，真是物以类聚，马以群分。

白昼逐渐变长，天气也越来越暖，积雪开始融化，草原露出了本来的面目。克林特和佩科斯开始觉得后背痒痒的，兄弟俩互帮互助，经常给对方挠痒痒，从脖子沿着后背一直到臀部，鬃毛就簌簌地掉下来；嫌不过瘾，他们又在地上打几个滚,越冬的毛发完全退去,像绸缎一样顺滑的细小的绒毛长了出来。

阳光普照,暖风和煦,草原上泛着绿意,融化的积雪涨满了小溪,到处一派春回大地的景象。

为了即将到来的春捕,圆滚滚的厨子又清洗起炊具来。牛仔们从四面八方赶回来,他们中有些人参加过秋捕,有一些跟杰夫打过招呼,前来填补空缺。

克林特在牧场的一个营地里度过了冬天,负责看护病弱的牲畜,现在该是归返的时候了,他牵着两匹马,一匹驮着床褥,一匹驮着马鞍,径直朝着马儿们越冬的地方赶去。

斯摩奇正在向阳的山坡上吃草,他不经意间抬了下头,正巧看见一个牛仔翻过山头走了过来:"不好,赶快去通知同伴。"这是斯摩奇的第一反应。

斯摩奇喷着响鼻,一路跑下山坡,佩科斯和其他马儿正在那儿吃草,看见斯摩奇惊慌的样子,他们都全速奔跑起来,等到牛仔来到他们先前所在的地方,马群已经跑到了一英里以外。不得已,牛仔又绕到了山的另一面令马群转向,几番周折,终于把他们赶到了大牧场的围栏里。

领队的是一个灰褐色的身影,阳光照在他的后背上闪闪发亮,牛仔露出了微笑,虽然他们隔着半英里,但这精气神儿,这奇伟的光芒,是斯摩奇不会错的。

"告诉过你,我会是第一个来看望你的牛仔。"克林特自言自语道。

克林特追出了足有二十五英里,才把他们赶到围栏里,关上了大门。

斯摩奇在围栏里不停转着圈。"你是不是不记得我了?"克林特说,转而又自言自语道,"可能他不知道一直是我在后面追。"

克林特的感觉没错,历经冬天长达几个月自由自在、不见人烟的生活,让斯摩奇又回归了原始的野性状态,乍一看见克林特只觉得他是个人类,得花上段时间他才能恢复记忆。

斯摩奇怒目而视,喷着响鼻,来回逃窜,克林特一直不停地跟他说着话。渐渐地,斯摩奇似乎记起了点儿什么,他停下来盯着牛仔看看,脚步也变得不那么慌乱,对牛仔的记忆一点点地浮出了水面。

斯摩奇停了下来,低下脖子,耳朵往前竖着,眼里放着光,隔着围栏一动不动地看着克林特。

"好你个小家伙儿,"克林特说,"难道我们还要再重新认识一遍吗?快到这儿来,让我摸摸你聪明的小脑瓜,看看你能想起些什么。"

斯摩奇站着没动,安静地听着,克林特还在安慰他,终于,他眼中狂野的神情不见了,慢慢朝这边走了过来,虽然本能告诉他逃开,但记忆中某种牵绊的力量占了上风。

克林特向前走了几步,在离斯摩奇几英尺远的地方停了下来,这时候如果稍有不慎,就可能把小马吓跑。牛仔慢慢抬起手,伸到离小马鼻尖几英寸的地方,斯摩奇盯着那双手,喘着粗气。然后他伸长脖子,小心地嗅了嗅人类的手掌,喷了一声响鼻,别过头去,可又忍不住凑上来嗅,一次次鼻响越来越轻,最后,他终于同意那双手碰他的鼻孔了。于是克林特揉

了揉小马的鼻子,沿着往上又摸了摸他的额头和脑门。五分钟之后,斯摩奇终于恢复了记忆,跟在笑容满面的克林特后面满围栏打转儿。

春捕的车队已经整装待发,牛仔们也已各就各位,杰夫环视一周,挥动手臂示意出发。领队拉起缰绳,率先驶出了牧场的大门,马车、骑手、备用马队紧随其后,鱼贯而出,春捕拉开了帷幕。

这一年里,斯摩奇学到了很多,他现在牧牛的技巧可谓炉火纯青,已经能与经验丰富的老马相媲美了。秋捕结束后,最后一次卸下马鞍的斯摩奇准备去牧场过冬了,他肩膀的两侧出现了两个美分硬币大的白点儿,那是马鞍的印记,一枚证明他工作优异的奖章。

斯摩奇还是很爱跳,每天早晨都要跳上一阵,全看天气有多冷,但是克林特似乎一点也不介意,他经常说:"要是马儿有天性不表露,那还有什么用?"

其实,克林特保留着斯摩奇这一习惯还有别的考虑。老汤姆·贾维斯——罗技牧场的监管兼合伙人——夏天的时候加入了马车队,想看看手下的牛仔是怎么牧牛的,有一天他来到了牛犊分流场,在那儿他看见了斯摩奇。

克林特骑着斯摩奇刚来到牛场边上,老汤姆就一直盯着斯摩奇看,好像再没别的马儿入得了他的法眼,一种不祥的预感爬上了克林特的后背。克林特知道老汤姆想要得匹好马,可一直没能如愿,有传言说,他曾觊觎买不到的牧场的马,还差点为此蹲了监狱。虽然这些是很久远的事了,但老汤姆还是耿耿于怀,这次他想把斯摩奇占为己有。

牛仔骑上斯摩奇开始赶牛,淋漓尽致地发挥着斯摩奇的本领,看见这匹灰褐色马的出色表现,老汤姆眼珠子都快掉到地上了。看见老汤姆的样子,克林特觉得还是赶紧离开,把斯摩奇藏起来的好,免得勾起他换马的想法,于是克林特绕了个圈,从远离老汤姆的方向出了牛群。

可老汤姆毕竟是农场主,想去哪儿就能去哪儿,正巧这时一头牛犊冲了出来,老汤姆追了上去,绕过牛群,把它赶回了围栏。老汤姆下马站定,离斯摩奇只有几步远了!

克林特心提到了嗓子眼,暗暗咒骂了几句。克林特开始演戏,即使有牛犊跑出来,他也不让斯摩奇去追,故意漏掉几头,但是他不能做的太明显,否则太容易被识破,而且斯摩奇也很难领会他的意思,一看牛犊逃了就跟着跑出去了。

对于一个牛仔,夺走他的马无异于赶他离开,虽然对农场来说,克林特是很有价值的人才,但是在老汤姆眼里,牛仔少他一个不少,尤其是现在他又挡在自己和中意的马驹之间。第二天,他径自走向克林特:"我要试试你昨天骑的那匹灰褐色马,"老汤姆直言不讳地说,"如果我看好了,我就拿我的坐骑跟你换,那可是整个牧场最好的马呢。"好像这样就能让克林特宽心似的。

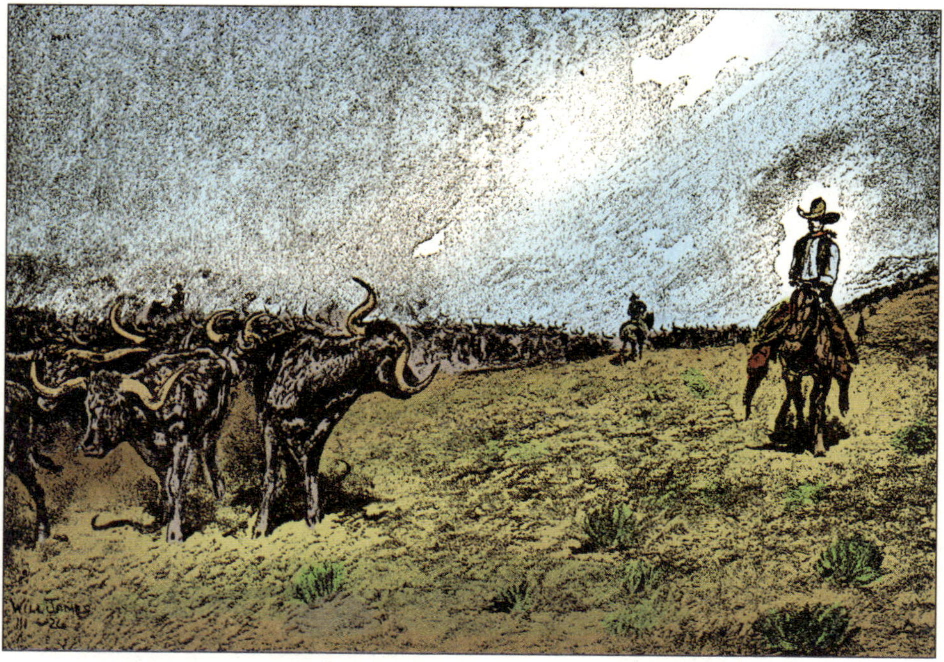
WILL JAMES

克林特涨红了脸，说话的时候眼里闪着怒火。

"就你，你骑不了斯摩奇。"

"我怎么骑不了？"老汤姆质问道，他的脸也红到了脖子根儿。

"你驾驭不了，"克林特回答，"你连给他套上马鞍都做不到。"

怒火中烧的克林特当场就想辞职另谋出路，但是一想到要与斯摩奇分开，他急中生智想出了一招儿，他先激怒老汤姆，如果老汤姆带着情绪去骑马的话，斯摩奇肯定会给他好看，这样老汤姆就会死心了。

"我就给你看看，我到底骑不骑得了这马，"老汤姆激动得说话唾沫飞溅，"我开始驯野马的时候你还没出生嘞！"

"行啊，"克林特嘲讽地说，"好汉不提当年勇，现在骑这样一匹马你年纪太大了。"

老汤姆狠狠瞪了克林特几下，开始忙活起来，他走向自己的马鞍，解下来，打好绳索，"嗖"的一下扔到了围栏那头。

斯摩奇被突然套在头上的绳索吓坏了，他嘶鸣着跳了起来，老汤姆也随着被拽了过去，他做了个手势，两个牛仔就笑嘻嘻地上前来帮忙。

克林特在围栏外紧张地观望着，他一根根卷着烟，又撕碎掉，压根没点。看到斯摩奇被勒得喘不过气来，他气得咬牙切齿，打人的心都有，但是克林特注意到了斯摩奇的眼神，其中除了恐惧，还有一种斗志，这让他多少看到了一点希望。

"什么时候牛仔要别人帮着上马鞍了？"克林特朝老汤姆喊道，"一会儿是不是还得有人帮着你上马呀？"

这招奏效了，老汤姆闷不作声，把斯摩奇头上的绳索扯了下来。他知道套着绳子更保险些，但他现在已经丧失了理智，一股脑儿地把怨气都发泄在了斯摩奇身上。

斯摩奇的神经一直都紧紧绷着，他就像一匹从来没见过人类的野马一样，一旦套上马鞍，他就要让马背上的人好好领教下他的本事。而对于老汤姆来说，虽然他曾经搞定过上百匹桀骜不驯的马驹，但毕竟岁月不饶人。然而事已至此，他必须硬着头皮上了。

老汤姆把帮忙的两个牛仔打发走，他要让克林特和其他牛仔看看，自己依然宝刀不老。他套了个绳环，绑住斯摩奇极有杀伤力的前腿，斯摩奇对这招儿再熟悉不过了，他静静等待着，后面还有机会。老汤姆又绑上脚绊，套上笼头，装上马鞍，系紧了。

"爬上马前，你最好祈祷下。"克林特嘴上刺激着老汤姆，同时也希望他能适可而止。可老汤姆正在气头上，恨不能把铁钉咬成两节，怎么可能停下来，他紧了紧护腿，把帽檐往下拉了拉，松开脚绊，拽了一把缰绳就骑上了马。

斯摩奇回头看了一眼后背上的陌生人，脖子上拉紧的缰绳表示他已经准备好了。该是斯摩奇表演的时候了，他低下头，随便跳了两下权当热身，可背上的人已经被颠下来了，他又跳了几下才停下。

克林特走到斯摩奇身边，用手抚摸着他的脖子，咧开嘴笑了。

"干得好，老伙计，"克林特说道，转身看着正努力站起来的老汤姆，"想再试试吗？"

"当然了！"老牛仔说道。

"随你吧，"克林特气不打一处来，"去摔断你该死的脖子，顺便随地找个水牛打滚的坑给你埋了。"

老汤姆气冲冲地走过来,一把夺过克林特手中的缰绳,又爬上了马鞍,可是这次,还没等他坐稳,斯摩奇一低头,就把他拱了下来。

老汤姆还想再试一次,这时候杰夫走过来,劝他还是放弃吧。"那匹马每次骑时都会跳。"杰夫说道。

老汤姆知道他没招儿了,但杰夫的话没让他觉得好受点儿,他有气没处撒,瞅见克林特站在斯摩奇身边,便用手指着他,厉声吼道:"你被解雇了!我会找人好好驯服这匹马的,至于你,越早从我眼前消失越好!"

克林特不说话,只是微笑着看着老汤姆,这让他更加气恼,这时杰夫开口了:"聘用和解雇牛仔是我的工作,汤姆,只要我还为你工作,我就有这个权力。"

老汤姆猛地转过身来。"好啊!"他吼道,"那你也一块走吧!"

老农场主骑上了另一匹马,直到他慢慢冷静下来,才觉得自己做的有点太过了,可他又拉不下面子,至少不能现在就让步。他走到杰夫身边,说道:"你和克林特抽空来大牧场一趟,我会留出时间来接见你们。"接着他又转身朝另外一个牛仔说道:"我任命新的领班前,你先暂时接管这里。"

回大牧场的一路上,老汤姆还是气呼呼的,但当他打开大门的那一刻,一个想法攫住了他——明天一早,我要骑上马赶回马车队,把这件事平息下去。

他下了马,解下马鞍,这时他惊奇地发现,杰夫和克林特已经在门口等他了。他走上前去,象征性地打了声招呼,没表露出要挽留他们的意思,这时候杰夫开口了。

"牛仔们托我传个话，如果您要给我结工资，也请把他们的一块结了，我很遗憾，"杰夫继续说，"我试图说服他们，可没用，我走他们也要跟着走。"

老汤姆一言不发，把杰夫和克林特领进了屋里，走向起居室中央的一张大圆桌，转身面对着两个牛仔，脸上堆着笑，说道："哎呀，杰夫，听到你这么说我很高兴。"老汤姆依旧笑着，但很快又有点严肃，"一个人只有与他喜欢和信任的人共事，才能把工作做好。"他重复着，"听到你这么说我很高兴，但是现在的问题是，你现在被解雇了，准备走了是吧？"老汤姆问道。

"是的，"杰夫回答，"一拿到工钱我就走人。"

"那，我重新聘用你怎么样？杰夫，我可不能放走像你这么优秀的领班。"

杰夫似乎明白了什么，他转过脸看着克林特，老汤姆知道他在想什么，紧接着说道："当然了，我没权利聘用或是解雇你的牛仔，克林特没被开除，他可以继续为你工作。"

最后，三个人还是握手言和了。第二天，老汤姆亲自目送杰夫和克林特离开。

"别再担心那匹灰褐色马驹了，克林特，"老汤姆在后面喊道，"我不会再想拥有它了。"

两个牛仔出了牧场大门，这时候杰夫开口说道："老汤姆自始至终都没道个歉。"克林特表示同意。

第十章 远走他乡

牧场上日复一日，周而复始，转眼间四个漫长的冬天已经过去了。厨子又开始清洗起炊具，小溪一路欢歌，从高山上流淌下来，草色遥看近却无，又是一年春来到。

克林特照例第一个来看望斯摩奇，牛仔发现冬天非但没有让他瘦削下去，反倒给他养的膘肥体壮，这样夏天可不愁没有力气干活了。简单打过招呼，他们就像第一次一样兴致盎然地干活去了。

斯摩奇在以前学习的基础上稳中求进，长期积累下来，牛群对他无不见之而色变，斯摩奇让他们干啥他们就乖乖照做。

春天的活儿刚忙完，仲夏又来到了，之后又是如火如荼的秋季围捕，数千头牛犊经过分流和挑选，肉牛装车送走，小牛断奶后跟其他的牛一并送到牧牛场，秋捕结束，牛仔们又爬下马背，四散到各自的营地过冬去了。

冬去春来，牛仔们再次聚首。一年又一年，同一片土地上，前进的是同一驾马车，挥舞的是同一根缰绳，完成的是同一项工作，只不过牛仔换了又换，旧的离开，新的血液又补充进来，马车队才得以为继。

这年春天，除了杰夫、克林特、厨子和其他几个牛仔外，其他人都换了新面孔。

自从克林特带着斯摩奇加入马车队，已经过去了五个年头，期间给斯摩奇套马鞍，骑着他的只有克林特一人，当然，老汤姆的那个小插曲除外。从那以后，克林特再没担心过，谁会把斯摩奇从他身边抢走。虽然牧场里的每一个牛仔都很眼红，但每年春天，克林特都是第一个去迎接斯摩奇的，根本不让其他人有机可乘。

漫长夏日里，随着相处时间越来越长，他们间的默契也与日俱增。感觉出牛仔身体不舒服的时候，斯摩奇动作就会轻一点，对于克林特每一下抚摸的含义，斯摩奇都了然于心，他能读得出轻微触碰一下的意思是"到那去""慢点"还是"干得不错"。另外，克林特说话的语气也很好理解，当斯摩奇干了坏事被逮着的时候，他就会羞愧地低下头，眼睛大睁着，低声喷着响鼻；但是当克林特夸奖他的时候，语气就变了，他就会感到如沐春风，眯缝着眼睛美滋滋地接受赞美。

斯摩奇之所以跟牛仔心意相通，是因为他对克林特有着深厚的感情，做什么事都有着极大的兴趣，也更愿意学习。以至于后来，克林特一发现有牛犊要逃跑，斯摩奇就能直觉地感应出是哪一只，克林特还没拉缰绳示意，小马就会冲上去堵截，把他赶回牛群。

在牧牛方面，斯摩奇什么都会做，就差亲手扔绳索套住牛犊了。他一只耳朵朝后竖着，密切关注着牛仔的动作，手中的绳索一套到牛犊的犄角上，斯摩奇就开始往后拉。斯摩奇知道如何把牛犊放倒，只要是斯摩奇在绳子这端守着，那牛就是体格再壮，也休想站起来。

在斯摩奇诸多驯牛的故事里，有一个故事，克林特和其他牛仔总是津津乐道。

牛群里有一个大块头，他的犄角向内弯，再长一点就要戳到眼睛了，克林特和杰夫想到一块去了，便吩咐另一名牛仔去取锯子，他俩人解开绳索，打算先把这匹牛抓住。

这头阄牛体形硕大、野性难驯，还很狡猾，一看到牛仔朝他走过来，就一溜烟跑开了，就在这时，斯摩奇载着克林特追了上去。斯摩奇越追越近，眼见着牛犊就在跟前了，可是因为他的角是歪的，绳子只能套得住他的脖子。一切似乎进行得都很顺利，斯摩奇跑到了牛的前面，克林特抛出的绳子也套到了牛犊身上，按理说，那匹牛该四脚朝天，乖乖等着被绑了。

就在这时，意想不到的事发生了，绳子收紧之后，那匹牛没被放倒，空中传来断裂的声音，接着，克林特就被甩到了三英尺高的空中，翻了几个跟头，重重地摔到了地上。马鞍前端向后翘起，全靠侧面的肚袋绑着，而前面肚带上的皮扣已经崩折了。

每个牛仔都碰到过这种情况，如果马鞍像现在这样勒紧侧腹，马儿一般都会跳起来甩掉马鞍，斯摩奇又这么爱跳，肯定不会错过这个机会的。

一旁围观的牛仔们已经开始窃喜，准备看克林特的笑话了，可他们很快就笑不出来了。斯摩奇

非但没有甩掉马鞍，反而努力把它留在了背上。他知道现在是工作时间，容不得自己任性，所以当马鞍向后翘起的时候，他顺势跳了起来，甩了一下身子，再落地的时候，他正好跟牛犊面对面站着，背上的马鞍安然无恙。

这个故事很快就传开了，有一些牛仔根本不相信，他们笑着摇摇头，觉得这纯属巧合，但是如果他们了解斯摩奇，事发时又在现场的话，大概就不会这么说了。

那头牛足有一千磅重，挣扎着想要挣脱身上的绳子，这时，斯摩奇又做了一件让牛仔们目瞪口呆的事——那头牛窜了出去，斯摩奇没有守在原地，也冲了出去，紧追不舍，快要追上的时候，他突然抬起前蹄，猛地踩住了绳子的一端，绳子一拉紧，那头牛感到脖子被猛地一拉，接着身体整个腾空，栽到了地上。

"斯摩奇就差一件事没做了，"杰夫事后说道，"那就是像个牛仔那样，收紧绳子前先把绳子抖一抖。"

斯摩奇稳稳踩着绳子，克林特把牛绑起来，锯掉了内弯的犄角，完事后，克林特又抬起手，说了句什么口令，斯摩奇这才把绳子松开。

罗技农场新进了一批墨西哥长角阉牛，他们在北方的原野上长得膘肥体壮，野性也更胜平常，这正好给了斯摩奇表现的机会。这种长角的阉牛奔跑速度极快，普通的牧牛马短程内根本不可能追上，但斯摩奇有这个本领，每次还不等克林特甩几下绳子，斯摩奇就已经驮着牛仔赶上他们了。

许多牛仔都愿意花大价钱看斯摩奇工作，哪怕是隔着围栏，远远地看一眼也好，有的牛仔会故意放掉一头牛，就为了看看斯摩奇如何干净利落地截住他。斯摩奇成了牛仔们茶余饭后议论的对象，他们都对这匹良驹赞赏有加，对他的光辉事迹也深信不疑，随着牛仔在各个牧场流动，斯摩奇也威名远播，整个州的北部都传颂着斯摩奇的故事，甚至临近墨西哥边境的牛仔也听说过罗技牧场斯摩奇的大名。

在斯摩奇被驯服的第二年，临近的牧场就托牛仔传话，希望出价一百美元买走这匹马，老汤姆乐开了花，克林特却气得够呛。第二年，那个牧场把价格涨到了两百，老汤姆又是喜出望外，这回，克林特不知是该生气还是害怕了。好在有惊无险，又过了两年，另一个州的农场更是出价四百美元要买下这匹灰褐色马驹。

在当时，市面上一匹优秀的坐骑马能卖到五十美金，而除非牧场对外出售，牧牛马一般是买不到的，于是也没有形成统一的市场价格。但是再好的牧牛马，价格也从来没有超过两百美元，现在有人愿意出四百美金买斯摩奇，肯定是钱多得没地糟蹋了，但凡这么说的人，肯定是没见过斯摩奇牧牛的样子。

这年秋天，老汤姆找到归队的克林特，把出价四百美金的信掏出来递给他，克林特对这事早有耳闻，他只是默默盯着信封，没有拆开，揣摩着老汤姆心里打的是什么主意。克林特不安地等待着，老牛仔把手放到了他的肩上，开口说道：

"克林特啊，我跟你说，要是我的牛群快饿死了，急需饲料喂养，也许我会拿斯摩奇去换那四百美金，但是现在，不管谁出多少钱，我都不会卖的。"

克林特长长地舒了一口气，露出了久违的笑容，他抓着老汤姆的手紧握着。

"但是我希望,"老汤姆继续说道,"有一天你能自愿离开这个牧场,这样斯摩奇就归我了,我早就能解雇你,不过那样我连杰夫也得一块解雇了,那我就先忍着,等你们先松口吧。"

克林特脸上依然保持着笑容,他又握了下手,然后走开了。他知道老汤姆这番话是为了试探试探他。

这年冬天,像往常一样,斯摩奇和其他备用马都要送到原野去过冬,克林特又跟随马群来到了越冬地。他发现,经过一个干旱的夏季后,这儿完全不像往年冬天水草丰茂,青草又矮又少,牛仔犯起愁来。

克林特想把斯摩奇作为坐骑带回营地去过冬,可是那样的话,春天一到,又要把他交还,克林特可不想春季围捕开始的时候,自己的得力助手不在身边。

"只能这样了,"克林特决定了,"委屈你在这过冬吧,来年春天我再来看你,你可别掉太多膘啊,对我来说你太珍贵了,我可不想失去你。"牛仔边说边抚摸着斯摩奇的耳背,继续说道,"尽管连老汤姆都不肯卖你,但你对我比对牧场来说重要得多。"

克林特踏上了归程,牧场刚刚消失在视野中,一阵强劲的北风就从身后吹了过来,冻得克林特拿手捂住了耳朵。"斯摩奇啊斯摩奇,"牛仔牙齿打着冷颤,"今年冬天真是来势汹汹啊。"

克林特说得不错,第一场暴风雪就非同凡响,大雪整整持续了两天两夜,整片原野千里冰封,所有草场都被敦厚的积雪覆盖了,天放晴后,温度骤降了不少。第二天,为了更好地看守年迈的牛群,克林特赶忙把他们赶到了离牧场更近的地方。没过几天,又一场暴风雪来袭,克林特干脆把所有牛群赶到了干草垛下面。

一个月过去，雪已经积了两英尺厚，而且丝毫没有要停的意思。克林特整天都在马背上度过，有时候还要一直忙活到晚上，所有罗技牧场的牛仔都在超负荷工作，再这样下去，老汤姆必须要增加些人手，草料也得再备些。

克林特一直很挂念斯摩奇，想去看看他，无奈他的马在这么厚的雪里根本迈不开步子，另一方面，牛群被源源不断地送到牧场来，克林特一直抽不开身。

尽管有重重阻碍，这天傍晚，克林特还是来到了斯摩奇过冬的草场。天灰蒙蒙的，眼看就要黑了，克林特翻过山坡，发现了马群，那其中有一个瘦削的灰褐色身影，毛发又长又蓬乱，牛仔走近一看，正是自己的斯摩奇，他不敢相信自己的眼睛，禁不住哽咽起来。

克林特想把斯摩奇带回农场,但他不确定按斯摩奇现在的状况,能不能走那么远的路,斯摩奇正埋头雪里刨草,发现有人靠近,拔腿就跑,他没有认出那是克林特。

看到斯摩奇依然这么有活力,克林特露出了微笑,看来没有他想象的那么糟。

"不过还是要带你走,你这小家伙儿,天气这么恶劣,谁知道再过几周你会变成什么样子。"

循着斯摩奇和其他小马留下的痕迹,克林特一路追寻。天色完全暗了下来,马群变得更加敏感,一点点惊扰就会把他们吓跑,克林特裹在厚厚的冬装里,看起来跟一头熊无异,他不确定斯摩奇能不能认出他来。

克林特继续搜寻着,就在这时,左边不远处的雪地里传来了一声微弱的号叫,听起来像是有一头牛遇到了麻烦,克林特停下马仔细聆听,号叫声又传了出来,克林特策马走了过去。果然,一头小牛犊躺在那里,看上去只有两天大,浑身盖满了雪,蜷缩着身子,瑟瑟发抖,克林特心想,这个小家伙是怎么活下来的?

"你的妈妈呢,小家伙?"克林特跳下马,走到小牛犊身边。

话音未落,一个黑影出现了,他愤怒地吼叫着,亮出牛角顶了过来,克林特迅速跨上马躲开了。这一下,克林特看到远处还有许多牛,他一路跟过去,又发现了一头母牛和小牛犊,比刚才的那只大一点儿。

"这两头母牛估计是去年秋捕时漏掉的,又恰好在冬天产了崽儿。好吧,斯摩奇,"克林特把目光投向马群离开的方向,"这次就顾不上你了。"

第二天临近中午,克林特才回到牧场,马鞍上驮着那只小牛犊。克林特在牛棚边找到了杰夫,对他说道:"这个小家伙的妈妈还在十英里外的地方,那儿还有另外一对母子,你最好在暴风雪来临前再派个人过去,而我呐,我要吃一大块牛后肘,然后爬进毯子里好好睡一觉。"

正如克林特所说,暴风雪到来了,那阵势,像是要把大地上的生命全部抹去,雪越积越厚,连围栏都淹没不见了。

雪要这么下下去,马儿们可就性命难保了。幸好,大雪过后刮起了劲风,把大部分积雪吹进了深壑,盖在青草上的只剩几英寸厚。多亏了这场风,草原上的生物才能活过这个冬天。

暴风雪肆虐的日子里,克林特一次又一次试着去找斯摩奇,但路上总有无助的牛犊让他停下脚步。"明天,明天就去。"可多少个"明天"过去了,克林特始终未能成行。

克林特焦虑不安,经常胡思乱想。许多次,精疲力竭的牛仔躺在床上做着噩梦,他看见斯摩奇困在了雪堆里,虚弱无力,忍饥挨饿,周围的狼群也在伺机而动。

斯摩奇确实瘦了不少,力量也不比从前,但是绝不虚弱——跌倒了他立马能爬起来,也能觅食养活自己,过去的这场暴风雪确实折耗了他不少体力,但是他知道山的另一侧食物丰富些,刨开积雪就能找到吃的。

斯摩奇和佩科斯太了解这片草原了,他们知道哪儿是最佳的避风港,哪处山脊上积雪最少,什么样的环境他们都能应付,再恶劣的天气也不影响他们嬉戏玩闹。

距克林特上次见到斯摩奇又过去了两个星期,草原上出现了另外一个牛仔,斯摩奇首先发现了他,出于本能,斯摩奇带领大伙逃得远远的,直

到他消失在视野里。

走出了大概一英里,马群又停下吃起草来。天快要黑了,原野上刮起了风,雪花也簌簌地飘落下来。入夜,风刮得紧了,雪越下越大,那个牛仔又悄无声息地出现在了马群中间,一看到他,马儿们像鹌鹑一样四处逃散,但很快又聚拢在一起,在暴风雪中踽踽前行。

马儿们翻过一座座被大雪覆盖的山丘,可还是甩不掉紧跟其后的牛仔,于是他们迈开步子,在一英里宽的谷底全速奔跑起来,牛仔似乎甩掉了,马儿们也跑累了,这才放慢了脚步。

夜色中,马群一刻也没有停留,强劲的风催赶着他们,长长的鬃毛跟冰雪混作一团,马儿们很疲惫,但在这种天气里,走着总比停下来强,他们缓慢地前进,也不再理会身后的牛仔了。

漫长的黑夜过后,天渐渐亮了起来,新的一天到来了。牛仔发现了一片柳树林,便赶着马群朝那个方向走去,他回头看了一眼,风雪遮天蔽日,牛仔露出了满意的微笑。

"暴风雪下了这么久,足够掩盖我的足迹了。"牛仔一边说着,一边在柳树林里寻找着歇脚的地方。

很快他就找到了一块地方。牛仔从疲惫的坐骑上跳下来,把马拴到一边,压实了地上的积雪,拿干枯的柳枝生了一团火,用小猪油罐煮了米饭和肉干,就着吃下后,又化一把冰雪在罐里煮了咖啡。吃饱喝足,牛仔卷起一根旱烟，抽了几口，蜷缩着身子在火堆旁睡着了。

牛仔穿着套麻布袋的靴子，破旧的黑帽子下露出黝黑的脸，由此看来，他是墨西哥和其他人种的混血。再看他的马，拴在那里，也没喂，马鞍廉价老旧，鞍布褴褛破旧，可见他铁石心肠，毫不顾及马儿的感受，缺少作为一个牛仔基本的尊严。

他沉沉地睡着，来时的踪迹已经清理干净，不会有其他牛仔跟过来。至于他偷的这匹马，在这种天气里，只会顾着在遮风避雪的地方找点吃的，不会自己偷跑回去。

罗技农场的十七匹坐骑马此时正栖息在溪谷下面，离牛仔有半英里的距离。斯摩奇和佩科斯并肩而行，紧挨粗壮的柳树躲避风雪，蹄子在雪地里刨着，搜寻黑麦草或是其他任何可以吃的东西。可是很不走运，牛群先他们搜刮过这里了，草料所剩无多，马儿们只能饿着肚子过夜了。

雪渐渐小了，但夜晚的北风却愈加猛烈，卷起积雪漫天飞舞，地上的踪迹又一扫而光。牛仔醒了，四下看了看，对天气表示非常满意。他从地上站起来，抖了抖身子，重新点燃了熄灭的火堆，又煮了一顿饭吃下。一切收拾妥当，他套上马鞍，准备动身去找他赶到溪谷里的马群。骑马走了几英里后，果然发现了马群的影踪，趁着夜色，牛仔紧随其后，催促着马儿前进。

斯摩奇走在队伍最前面，大约过了一个小时，他发现他自己走进了一个围栏里，用柳条围成，位置十分隐蔽。这个围栏无疑是牛仔偷偷建造的，看样子已经使用过多次，他把马群赶进树干做成的大门里，回头到马鞍上取绳子去了。

偷来的马和牛都关在这个围栏里，牛仔篡改他们身上的农场标记后，将其占为己有。现在他想做的，是换一匹精力充沛的坐骑，免得被人追上。

从一开始他就留意到了一匹灰褐色马，他系好绳索，在围栏外搜寻着，皑皑白雪清晰地映衬着马儿们的身形，没用多久，他就认出了离他最远处斯摩奇的脑袋——前额上那显眼的白色条纹，然后把绳索扔了出去。

斯摩奇喷了一声响鼻，灵巧地躲开了，绳索擦着他的耳朵，套在了旁边另一匹马的脖子上。黑暗中牛仔看不清晰，直到把绳子拽回跟前，他才发现套错了，气得破口大骂。好在套的这头还算高大强壮，他也懒得再套一次了。

"下次再收拾你，你这个……"牛仔一边套马鞍，一边朝着斯摩奇恶狠狠地说道。

牛仔骑上马，把马群赶出溪谷，来到了一片梯田，除了低洼的地方雪还很深，其他地方都被大风吹了个干净，路还算好走，牛仔趁着夜色加紧赶路。

连夜的行进让马群疲惫不堪，天也亮起来了，牛仔想找个地方把他们藏好，免得让人看见，他想起山的那头有那么个地方，于是解下绳索，抽打着马群继续前进。

暴风雪渐渐平息下来，劲风吹开积雪，让路变得好走了许多，也掩盖了他们的踪迹。前面是一片开阔的平原，这个时候不会有什么人经过，牛仔对这片地形了如指掌，这是他偷马惯走的路线。

沿路有许多围栏，有些是他建造的，另外的是像他一样的偷马贼建的。一般偷到马后，他会第一时间修改他们身上农场的标记，不过长长的鬃毛盖住了印记，白天明目张胆地在大路上走都不会有人发现，等走远点再改也不迟。

牛仔找了处歇脚的地方，他化雪煮了杯咖啡，微笑地看着自己的"战利品"，合计着自己能赚到多少钱。他一眼就看出这些马品质优良，别看现在瘦骨嶙峋的，喂上一个月的草，保准膘肥体壮。

尤其是斯摩奇——那匹灰褐色马，听说北方的牧场有人曾出价四百美金，要是带他到南方去展示下牧牛的本领，卖个两百美金应该是不成问题。

牛仔住在南边一百英里的地方，那儿地势低平，风雪很少光顾。一旦到了那儿，他就可以松口气儿，慢慢把马群养肥，再卖个好价钱。现在他已经离开越冬地七十英里，离着罗技牧场更是一百英里，暴风雪抹去了他一路走来的所有踪迹，不必再担心有人追上来了。

第十一章　陌生人

自克林特上次去找斯摩奇算起，已经过去了漫长的一个月。某天，一种不祥的预感攫住了克林特，而且一天比一天强烈，克林特终于坐不住了，骑上最好的马，朝斯摩奇越冬的地方赶去。

上一场暴风雪已经过去了好几天，原野上新增了许多马儿的蹄印，克林特一一追踪过去，碰见了许多马群，唯独不见斯摩奇，不仅如此，整个马车队的坐骑都凭空消失了。克林特怀疑，会不会是被人偷走了，但他很快打消了这个念头，罗技农场远近闻名，偷马贼要么是个十足的傻子，要么就是个有经验的老手。不管怎样，没找到斯摩奇的尸体就说明他还活着，其他马看起还健康强壮，斯摩奇应该也是这般，想到这儿，克林特稍稍松了口气。

"可能是上次刮暴风雪的时候，斯摩奇和马群回到大牧场上去了。"克林特心想，调转马头赶往大牧场，可是一顿搜寻下来，还是不见斯摩奇和马群的踪影。

接下来的两周，克林特不断扩大搜索范围，把原野翻了个底朝天，可仍然一无所获。当晚，克林特赶回牧场，把情况报告给了老汤姆，"恐怕只剩一个可能了，我们的马群被人偷走了。"克林特说道。但是老汤姆摆摆手，不以为意。

"别担心，"他说道，"等到春季围捕的时候，我们就能找到斯摩奇和剩下的马了。"

春天终于来了，积雪融化，溪水高涨，牛仔们出发前往原野，把过冬的马儿带回来。克林特只身一人，来到了当初训练斯摩奇的地方，从那儿开始，他每天都换上一匹新坐骑，看见马群就追上去，希望能碰到那个灰褐色的身影。

就这样搜寻了整整一周，克林特失望而返，唯有寄希望于别的牛仔找到斯摩奇了。偌大的围栏里，所有的备用马都在那里了，唯独不见斯摩奇和其余十六匹坐骑马。

老汤姆这才意识到克林特的猜测是正确的，十七匹马肯定是被人偷走了。他火急火燎，开车前往城里报案，车速一路飙到了七十迈。等到了州长办公室楼下，车没刹住又冲出了半个街区，老汤姆顾不上掉头，随手把车停在路边，就又飞奔了回去。

政府官员雷厉风行，把马儿被偷的案件告知了临近各州，老汤姆悬赏一百美金捉拿偷马贼，另外一百美金酬谢归还的马匹，悬赏令中特别提到了一匹灰褐色的坐骑马。

春捕开始、夏季过去、秋季结束，眼见一年的工作又要结束，关于斯摩奇、马群和偷马贼还是半点消息都没有，好像人间蒸发了一样。老汤姆心里咒骂了无数遍，要是诅咒能应验，偷马贼早就深处地狱的烈焰之中了。

牧牛马斯摩奇

整个夏天和秋天,克林特在原野上牧牛的时候,总留意着每一处洼地、山壑、溪谷,总是心存偶然碰见斯摩奇的侥幸,他不愿相信斯摩奇是让人给偷走了,他一直对自己说:"他只是迷路,跑到别的地方去了。"罗技农场的全体牛仔,都肩负起了寻找斯摩奇的使命,整个马车队出去捕牛的时候,牛群反倒成为了次要,搜寻斯摩奇才是工作之重。

但是随着秋捕临近结束,克林特已经不抱什么期望了,随着希望破灭,克林特也决意离开这个农场,他不只是想离开这片伤心地,更是心怀渺茫的希冀,能在别的地方与斯摩奇重逢。

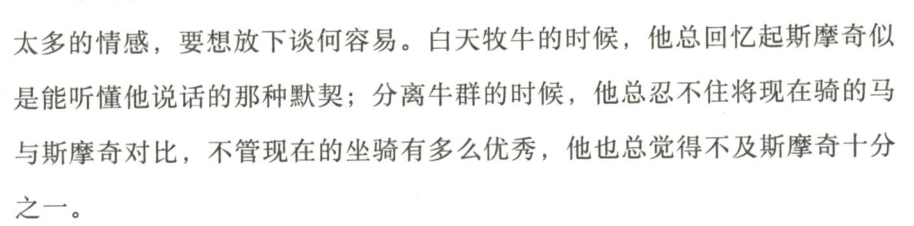

牛仔在小马身上倾注了太多的情感,要想放下谈何容易。白天牧牛的时候,他总回忆起斯摩奇似是能听懂他说话的那种默契;分离牛群的时候,他总忍不住将现在骑的马与斯摩奇对比,不管现在的坐骑有多么优秀,他也总觉得不及斯摩奇十分之一。

秋捕最后一天,最后一辆马车也驶回了大牧场。翌日,备用马队照例要被送往过冬的原野,这次克林特没有随行,他独自一人待在营地里,忙着把他的马鞍塞进麻布袋。他铺开一张铁路地图,放到桌子上研究起来。

杰夫推门进来,扫了一眼地图,就明白了克林特的心思。

"我就猜到你会这样做,"杰夫说道,"既然斯摩奇已经不在这里了。"

南方乡野的高山上，冬季已经开始显露迹象，黑压压的云彩开始聚集，冷雨飘落下来，一连几天浇了个透。天气转冷，雨凝成冰雪，下个不停，整片原野都屈从在寒潮的淫威中瑟瑟发抖。

　　这样的坏天气持续了好几天，终于，乌云开始减薄，变得越来越轻飘，不见了踪影。到了傍晚，久违的太阳终于从云层后露出了笑脸，阳光再一次普照原野。没过一会儿，一轮新月从蓝色的山脊上升了起来，取代了它的位置，似乎预示着明天也会是太阳高照的好天气。

　　确实，第二天是亚利桑那州标志性的艳阳天，空气如花岗岩水池中的泉水一般清澈透明。整个世界都在打着盹儿，尽情享受着阳光带来的温暖与生机。一只美洲狮昨天还蜷缩在洞穴里瑟瑟发抖，现在正伸展躯体，惬意地躺在一大块卵石上。几头鹿刚刚从藏身之所出来，浑身还湿漉漉的，等到向阳的山坡上晒一晒，他们的皮毛就又会变得柔软蓬松了。

　　山脚下，一只花栗鼠从冬眠的洞穴里探出头来，朝太阳眨巴着眼睛，不大相信春天已经来了似的，他直立起身子，在暖烘烘的土地上打着滚，好像要把冬眠里失掉的欢乐劲儿全都找回来。接着，他开始在树丛里蹿来跳去，搜集橡子和其他坚果，虽然储备已经足够了，可他老担心食物不够吃。

牧牛马斯摩奇

花栗鼠正忙着把松果中的松子剥出来，这时，他听到有什么东西穿过树林朝他走了过来，吓得赶忙跑回了洞穴，他瞥了一眼，看见一匹像高山一样的骏马正全力奔跑着，脖子上拖着一根长长的绳子。

花栗鼠在洞穴里屏息聆听了几分钟，转头把搜集到的坚果储藏好，然后又探出头，啾啾地叫着，瞧瞧洞穴外还有什么情况。这次他看见了另一匹马，背上驮着个人，在前一匹马后面穷追不舍。

花栗鼠不知道这番追逐为的是哪般，他站在洞口的石头山，看着他们一路朝平原跑去，直到连绵的山坡遮住他的视线，他四下瞧瞧，没再发现什么有意思的事，就又回去收集坚果了。

山坡那面的平原上，追逐还在继续。前面的马挣脱缰绳，已经跑了一个晚上，每迈一步蹄子都深深地陷在泥淖里，可是不论他跑到哪里，后面的人依然紧追不舍。有两次，眼看着就要甩掉他了，可他换上新的坐骑，又出现在了身后，而且越追越近。

前面的马跑得累极了，大地好像跟后面的人沆瀣一气，想要拖慢他的脚步。每迈一步，烂泥

就裹住他的蹄子，得使劲拔出来才能继续前进，他感觉越来越吃力了。

后面的人短暂消失后，又换上了一匹新马，他每次换马的时机都把握得刚好，这次，他见前面的那匹马快跑不动了，心想追逐快要结束了，是该让他好好听话了。

太阳升到了正当空，前面那匹马冲进了山脚下的一片雪松林。前面不远处是枯树枝搭成的栅栏，换作平时，他肯定就注意到了，但现在的他累得视线模糊，脑袋也不灵光了，他没注意到后面的人停止了追赶，还是一股脑地朝前跑，根本停不下来。

他沿着栅栏一直跑，发现前面也横着道栅栏，一个大门映入眼帘，他才意识到，自己跑进了隐藏在密林中的围栏里。这下子没处可跑了，马儿停了下来，四只腿叉开，喘着粗气，汗水从身上的每一处皮肤滴落下来。

混血牛仔关上围栏门，转过身盯着那匹马。

"你这个小杂种，我可算追上你了。"

可斯摩奇似乎没有听见，他的眼皮沉得睁不开，头快要垂到了地上，勉强能够站住不倒下。

自斯摩奇从罗技牧场被掳走，已经过去了几个月。他在漫漫长夜里走了许多路，却没怎么吃过东西，现在他与自己出生和长大的地方已经远隔千里了。斯摩奇和佩科斯还有其他坐骑马们相伴而行，路途中小山的样子奇形怪状，与北方的截然不同。他们来到了一片荒漠，这让斯摩奇如释重负，严寒的气候一去不返，冰雪覆盖的草场也被光秃秃的、生满艾草的平地所取代，偶尔会有野马和牛群与他们擦肩而过。随着他们前进，地形也不断发生着变化，起伏的草原、低平的丘陵、高峻的山峰交替出现，再往南又是平坦的沙漠，丝兰、凤尾兰、仙人掌、猫爪草随处可见，为荒芜的景色增添了一丝生机。

接下来，他们来到了一处五光十色的大峡谷，谷底一条宽阔的河流蜿蜒而过，马儿们一个挨一个游泳渡河。又走了几天，牛仔不再催促他们，似乎终于到达了目的地。

第二天，混血牛仔把马儿圈了起来，用滚烫的烙铁，把他们身上罗技牧场的标记"R"篡改成了车轮形状的标记"⊗"，之后，马儿们又被赶到了一处高山上，等待新记号长好。山顶是一块平地，四面悬崖峭壁环绕，唯一的出口用绳子拦了起来，又盖上了毯子掩人耳目。山上食物充裕，融雪和雨水填满了这个天然的水库，足够马儿们撑好几天了。

可斯摩奇一点也高兴不起来。一路上他累积了太多怨恨，虽然他对除了克林特之外的人类有本能的恐惧和厌恶，但远远没到对混血牛仔这个程度。

一看到他，斯摩奇就恨从中来，眼中流露出杀气腾腾的目光，但是出于心中的恐惧，他一直没采取行动，只是自己生着闷气，走在马群里头，离牛仔远远的。

斯摩奇一直觉得，无论如何也躲不开飞来的绳套，但上一次侥幸逃脱后，他明白了，只要瞅准时机，绳子是完全可以躲开的。第二天，牛仔又故技重施，斯摩奇找准机会，又躲过了一劫。牛仔嘴里咒骂个不停，系起绳子还想再试一次，可是没用，斯摩奇向后撤了一步，绳子落在了前面一英尺的地方。

要不是对这个牛仔恨之入骨，斯摩奇还觉得这个游戏挺好玩的。他看到牛仔恼羞成怒，嘴里骂骂咧咧，盘起绳子准备再试一次，这次是准备动真格的了。

这次，牛仔骗到了斯摩奇。他不停摇着绳子，一副随时要扔出去的架势，斯摩奇左躲右闪，可绳子握在牛仔手里就是不扔，斯摩奇刚一放松警惕停下来，绳子就以迅雷不及掩耳之势飞了过来，套在了他的脖子上。

牛仔开始收紧绳子，斯摩奇做着困兽之斗，拼命挣扎，逼得牛仔把绳子在围栏柱子上绕了好几圈，才终于把他拴住。

"我要好好修理修理你，你这个……"

牛仔咒骂着，劈手从旁边的柳树上折下一根树枝，走到斯摩奇跟前，誓要给他点颜色瞧瞧。牛仔用柳条抽打着斯摩奇的头，看样子不抽断是不会善罢甘休的，他气急败坏，只顾泄愤，把马儿打死也在所不惜。就在这时，幸运女神再次眷顾了斯摩奇，不断地挣扎松动了绳结，斯摩奇重获自由了。

斯摩奇跑回了马群里，牛仔愤怒地咆哮着，把树枝朝他狠狠地扔了出去，可他现在没工夫置气，又随便套了另一匹马。

"回头再收拾你！"他朝斯摩奇吼道，接着上了马，把马群放出来，又赶着他们上路了。

他们又走了两百英里，斯摩奇恨得吃不下东西，好像犯上了心病，唯有杀掉牛仔才能医治。几周过后，斯摩奇的脑袋上留了疤，虽然在慢慢愈合，可心中的创伤却在发酵，久久不能平息。

一天，他们来到了一片沙漠边缘的平原，丛生的刺柏中，偷马贼看到了一个高大结实的围栏，不远的地方有一座小木屋，门口站着一个人，炊烟正从木屋的烟囱里袅袅地飘出来。偷马以来,这是他碰到的第一个人,可他并没有惊慌,这儿离着罗技牧场五百英里,马匹身上的标记也修改过了。这个地方看起来像一个牧牛场,不如就在这歇歇脚,说不定那个牛仔还能帮着他"修理"下斯摩奇。

那个牛仔对偷马贼的第一印象并不好,但这里人迹罕至,碰上个跟自己做伴的不容易,还是忍忍吧,他答应了一同驯服斯摩奇的请求。

第二天,斯摩奇一看见两个人走进围栏,就知道来者不善。小马耳朵向后竖起,全身都发着狠,已经做好了战斗的准备。

可他根本没胜算,斯摩奇立马就给好几条绳子套住了,五花大绑地躺在地上,蹄子和牙齿丝毫没有用武之地。

看着无助地躺在地上、动弹不得的斯摩奇,偷马贼心里暗暗过瘾,他慢慢地靠近了斯摩奇,小马虽然被绑得严严实实,还是差点咬破了他的衣服。这正好给了偷马贼借口,他想趁机把斯摩奇暴打一顿,发泄下心里郁结的怨气。

另一个牛仔站在旁边看了一会,不知道他在搞什么鬼,果然,自己的直觉是对的,那个人不是什么善类。牛仔把那个人手里的棍子夺下来,抵着那个人的喉咙,想教训教训他,不过这时,牛仔想到了一个更好的点子,因为他看见那匹马正跃跃欲试,想自己动手,于是他转而朝着那个人说道:

"嘿,伙计,你这样打他有什么用呢,有本事你骑到他背上再收拾他呀?"

"你以为我不敢吗?"偷马贼瞪着眼,恶狠狠地说道。

激将法奏效了,牛仔微笑着,给斯摩奇套上了马鞍,他凑得很近,看见了小马脑袋上的伤疤，心里暗自说道："怪不得这匹马这么顽劣，恐怕他再也不会和人类成为朋友了。"

牛仔说得没错，不管是这个偷马贼还是其他人，所有两条腿的生物都是斯摩奇的敌人，一有机会他就会跑得离他们远远的。

马鞍系紧了，偷马贼尽可能稳固地坐在了马背上，牛仔一解开小马前腿绑着的绳子，就大步冲到围栏的最高处，准备欣赏即将上演的一出好戏。

牛仔刚爬上最高的一根栅栏，身后就传来了山崩地裂的响声，惊得他立马转过身。斯摩奇已经腾到了半空中，拧着身子剧烈地跳动着，该是他一展身手的时候了，他可不会错过这个难得的机会。

偷马贼啃过不少硬骨头，也算是骑马的好手，可他还没碰到过斯摩奇这么难骑的。斯摩奇跳得太快，偷马贼完全跟不上节奏，没过一会儿，他就觉得晕头转向，有点坐不住了。身下的马鞍不停挤压着他，他身子歪向一边，甩起来的马镫正好砸中了脑门，他一下子被打昏了，像铅块一样重重地摔到了地上。

坐在栅栏上的牛仔全程欣赏着这场表演，偷马贼摔下来的时候，他更是捧腹大笑，这种人就该吃点苦头。

偷马贼倒在那里，一动不动，牛仔开始紧张起来，这个人就是再罪大恶极，也不能眼睁睁看着他被撕成碎片，得在马儿发动进攻前把他救出来。

可是斯摩奇完全没理他，只顾着甩掉背上的马鞍，偷马贼这才捡回了一条小命。马鞍慢慢地滑落下来，笼头也挣开了，斯摩奇扬着头站在原地，偷马贼也爬起身来，没等另一个牛仔帮忙，就狼狈地偷偷溜出了围栏。

牛仔劝他还是换一匹马骑，又帮他把马群聚拢在一起，送他离开了营地。但偷马贼跟斯摩奇还没完，一有机会，他还会再找斯摩奇的茬。

几个月过去了，直到第二年深秋，偷马贼才敢再一次碰斯摩奇。这期间，驯服了的马儿被一匹匹卖掉了，只剩斯摩奇还在顽强抵抗。牛仔把他关在围栏里，喂他别的马儿吃剩下的草料，还经常对他棍棒相加。要么击垮他的意志，要么就打断他的脖子，为了驯服斯摩奇卖出好价钱，牛仔不择手段。

三月的一个夜晚，春风劲吹，把围栏门吹开了，斯摩奇趁机跑了出去，几天之后，偷马贼追了出来，一眼就认出了混在野马群中的斯摩奇。整个夏天，他都试着把斯摩奇捉回去，但他身边全是野马，实在不好办。斯摩奇知道被这个人捉回去肯定免不了一顿毒打，所以躲得格外小心。他心中的仇恨与日俱增，宁愿与响尾蛇为伴也不愿再见到这个人。

可是偷马贼绝不会善罢甘休，他不能忍受败在一匹马的手里。于是，当斯摩奇尽情享受野外生活的时候，他仔细研究着野马群的逃跑路线，在对周围地形进行了详尽的勘查之后，他想出了一个计划。

到秋天又一次追赶斯摩奇的时候，他在沿途设置了许多换马的中转站，又在这条路的终点布下了隐蔽的陷阱。这才有了之前我们看到的那一幕，牛仔不停地换上新马在后面追赶，斯摩奇精疲力竭，迷迷瞪瞪闯进了围栏，眼睁睁看着身后的牛仔狞笑着关上了大门。

接下来的几天，斯摩奇一直精神恍惚，他隐约记得被牛仔牵了回去，第二天套上马鞍后又被牵出了门，牛仔骑着他到处跑，用马刺和马鞭催促着他，可斯摩奇完全不在意。他一口草也不吃，一滴水也不喝——除非他梦游时恰好走进了小溪里。

照这样下去，斯摩奇撑不了几天，他的生命眼看就要走到尽头，心跳也微弱得几乎感受不到。牛仔还以为终于把他驯服了，骑着他可劲儿跑。

"你这畜生，我要把你驯得服服帖帖的。"牛仔一边说，一边拿马鞭抽着斯摩奇的头，还用马刺踢个不停。斯摩奇既不退缩，连眼睛也不眨一下，他如同一具行尸走肉一般，了无生气，也毫无希望，任凭牛仔对他的凌辱。

直到有一天，牛仔下手越来越重，戳到了他的敏感部位。

斯摩奇的心又重新剧烈地跳动起来，眼睛中闪过久违的一丝火花。第二天，看见牛仔走进围栏，他喷了声响鼻，牛仔上马的时候，他甚至弓着背想跳起来，看到斯摩奇又重新拾回了意志，牛仔很是吃惊，他一边抽出马鞭，一边说道："你是不是皮又痒痒了。"

从那日起，斯摩奇的心已经不复以往，原来的心已经湮灭，虐待和凌辱孵化出了现在的心，这颗心对于不称自己心意的都想加以摧毁，而现在的斯摩奇已经没有什么喜欢的东西了。

世间万物中，他恨混血牛仔尤甚。现在的斯摩奇不再轻易显露自己的情感，而是卧薪尝胆，等待合适的时机和方式寻求报复。他一根不剩地吃掉了喂给他的草，只有顽强地活下去，才有可能实现他的复仇计划。

不知怎的，牛仔隐约觉察到了斯摩奇阴险的计划，离他的牙齿和蹄子远远的。有时候，牛仔隔着围栏看着斯摩奇，觉得与其这样耗下去，不如干脆一枪崩了他，可是转念一想，毕竟可以卖个好价钱，便又放下了枪。

"使劲跑跑兴许能治治你，"牛仔一边说着，一边把马鞍拖到了围栏边，"今天可有你跑的。"

牛仔把斯摩奇拴住，赶到通道口，装上马鞍，上了马。围栏打开，斯摩奇跑了起来。

不知不觉，斯摩奇已经跑了十英里，只是凭着直觉跨过水洼和獾的洞穴，他把注意力都集中在了驮着的这个人身上，眼睛和耳朵都向后斜着，

恨不能用牙把他拽下来。

牛仔把马鞭挥得啪啪作响，拿马刺不停戳着斯摩奇，逼得他马不停蹄地狂奔，再这么下去，斯摩奇就要炸了，到时候肯定会变得歇斯底里，一发不可收拾。

他们跑到了一条小河边，河岸陡峭，斯摩奇犹豫了，他的耳朵和眼睛朝着前方，寻找能慢慢下脚的地方。就在这时，施虐成性的牛仔想让斯摩奇吃点苦头，他又高高地挥起了马鞭，受到惊吓的斯摩奇忍无可忍，心中焖烧的火苗燎原成了复仇之火，火山一般喷发了出来。

他纵身一跃，跳下河岸，着地的瞬间，头猛地垂到两条腿中间，猛烈地跳动起来，背上的牛仔奇迹般地坚持了一会儿，然后就被甩飞了出去，在空中翻了几个滚后，又四仰八叉地摔到了河岸上。

牛仔慌忙去掏系在腰间的手枪，可那黑影只一闪就来到了他跟前，如一只美洲狮附体，斯摩奇狰狞地扑了过来，一脚把手枪踩进了土地里。

第十二章 灰暗的心

牛仔竞技比赛在即，格莱玛小镇的大街小巷，不管是橱窗里还是电报栏，都贴满了大幅的宣传海报。海报上布满了比赛的奖品和跃起的牛马照片，正中最显眼的位置，一匹无与伦比的赛马正把一名牛仔以前所未见的姿势甩向半空，画面下用加粗的大字写着："美洲狮"向全世界顶尖的牛仔发出挑战！

"美洲狮"是一匹赛马的名字，他是这场比赛最主要的噱头，也是所有牛仔的挑战对象。大赛的奖金向每一个牛仔的钱袋敞开，谁能在马背上待够时间，谁就能得到一笔可观的奖金，比赛不限制地域，牛仔们不管远近，都可以来一试身手。

往届的竞技比赛里，已经有牛仔领教过"美洲狮"的能耐了，他们一致认为，这匹马绝不是什么等闲之辈，他不光能跳，还非常狠毒，眼中流露着杀意，要不是比赛中专门有人分散他的注意力，恐怕很多牛仔都已经丧命于他的蹄下了。

那匹马似乎对人类有着与生俱来的恶意，而他的使命就是消灭看到的

每一个人。而且人们注意到他有一个很古怪的特点——他似乎对皮肤黑的牛仔恨意尤甚。

关于这匹马的来历，牛仔们口口相传。他是在沙漠里被发现的，混在一群野马中间，背上驮着一个空的马鞍，下巴和膝盖上都沾着凝固的血迹。牛仔们把他绑起来，仔细检查他的身体，可是一处伤痕也没有发现。

人们给他在报纸上登了招领启事："灰褐色骟马，脸上有白色条纹，身上有车轮样标记。"启事登了两周，都没人来认领，他又在草原上的围栏里待了几天，直到一名牛仔碰到了他。

一看见这匹马的模样儿，牛仔就深深地喜欢上了。他本以为这匹马是有点被宠坏了才会这么顽劣，但他很快发现，这匹马就算被放倒在地，也不愿意套上马鞍，他的眼神让牛仔很不舒服，牛仔驯过的马成百上千，自然知道这个眼神意味着什么。

他与这匹马保持着距离，从远处拽紧绳子，直到那匹马屈膝跪在地上。牛仔上前系紧马鞍，绑牢了笼头，跨上了马，然后解开了前腿的脚绊。

　　接下的事牛仔总是羞于提起，在那匹马真正发作之前，牛仔已经落荒而逃，翻到了围栏外面，他惊魂甫定，回想起两周前发现他时的空马鞍和身上的血迹，不禁吓出了一身冷汗。

　　牛仔隔着围栏看着这个杀人狂魔，脱口而出道："这匹马简直就是头一百二十磅的美洲狮。"

　　这就是"美洲狮"这个名字的由来，真是名副其实。

　　传言中接下来的故事是这样的。南方的城镇为独立日举办了庆祝活动，活动中有骑马和其他的一些娱乐项目，主办方出价一百美金悬赏最优秀的赛马，这就是"美洲狮"的第一次登台亮相。比赛开始之前，主办方安排了专人看守，以免有人受伤，事后看来，当时那几句警告的话是多么受用啊！

　　"美洲狮"接受了诸多牛仔的挑战，最后大家一致认为，他不愧是最难骑的马，带他来的牛仔成功获得了一百美金的悬赏。后来，有人加价五十美金，想买下这匹马，用于竞技比赛，但遭到了拒绝。临到最后一天，那人又加价五十，双方达成了交易，从此，"美洲狮"过上了从围栏到栏车，从一个竞技场到另一竞技场的生活。

　　这匹能跳好斗、对人类恨之入骨的烈马的名声很快就传开了，只要有

他的表演,肯定是座无虚席,人们从各个州、城镇和乡野赶来,只为一睹它的尊荣。

没过多久,"美洲狮"就成了西南诸州人们热议的话题,人们喜欢谈论他就像喜欢谈论电影明星和皇室成员。欧洲和全美的游客来来往往,把他不可思议的事迹传向远方,就连牛仔竞技委员会也听到了风声,一直打他的主意。另一个做牛仔竞技生意的买家曾出价五百美金,但是想都没想就被一口回绝了,别说是五百美金,就是一千美金也不会让这棵摇钱树易主的。

整个夏天,这匹灰褐色的烈马辗转于各个竞技场,不计其数的牛仔爬上过他的马背,每次围栏门一开,他都极尽跳跃翻腾的本领,像喷发的岩浆,雷霆万钧重捶着地面,全场观众都感受得到。

周围的人恨不能生出十双眼睛,也跟不上马儿急速的跳跃。一个牛仔上了马,观众屏息凝神,大气也不敢喘一下,可没过多久,马背上的人就飞了出去。就算骑术再高明的牛仔,也不会以被这匹马甩下来为耻。

大多数牛仔在刚出围栏门不远的地方就会败下阵来,能在马背上坚持更长时间的鲜有人在。

"美洲狮"睥睨众马,难逢敌手。但懂行的人一眼就能看出,这匹马不像大多数竞技赛马,天生桀骜难驯。这匹马有惊人的头脑,从他甩人的技巧就能看出些端倪。一般的赛马只用蛮力,来回蹦跳,给牛仔留出了调整的余地,可他不同,哪怕牛仔朝某个方向松动了一英寸,他都会乘胜追击,一鼓作气把这个人甩下马背。

另一个有力的证据,就是这匹马像人类一样具有情感,他对人的憎恨,比起人与人之间的过犹不及,表现方式还更加极端。负责照顾他的牛仔曾说道:"这匹马之所以变成这个样子,肯定是遭受过虐待。我知道他的心中除了憎恨,肯定还有别的感情,有时他好像沉溺于追忆往昔的悲痛之中,很渴望我的陪伴,又像是在想念某个人,可是很快他又回过神来,回到冷冰冰的现实之中。这时我就只能离他远远的,有时候我多么希望,他的恨能转化成对我的喜爱啊!"

作为"美洲狮"的头两年是疯狂的两年,他以仇恨为食,心中注满了毒药,他存活的唯一意义就是恨和被恨,他的满腔仇恨昭然若揭——围栏上、柱子上的蹄印和齿痕触目惊心。

想他八年前第一次面对牛仔的时候,情况截然不同,他只想逃走,不想与人类为敌,抗争的对象也只是拴住他的绳子,纵使他对人类有着天生的怀疑和厌恶,他也无意伤害眼前的牛仔分毫。

他在罗技牧场的围栏里是没少跳,也借此赢得了克林特的心,但他当时只是出于本能,觉得马鞍和人不该出现在他背上,完全没有恶意。如果说曾经的斯摩奇像是自娱自乐的闲逸之人,那现在的"美洲豹"则是个满腔仇恨的亡命赌徒。

虽然他的仇恨如此强烈,但奇怪的是,他只伤害试图驾驭他的人,对其他人却不感兴趣,这也许是因为,赛场上这么多人让他有点发蒙,他只得保持中立的态度,直到那一两个骑马的牛仔走上前来。

另一件奇怪的事是"美洲狮"的耳朵。一般来说,街上的马儿都套着嚼子,以防他们咬人,每当有人经过的时候,他们的耳朵总是向后竖起,摆出一副凶神恶煞的样子,但他们不一定真的想伤人,顶多扯掉衣服袖子上的一点布料。

原野上的野马,哪怕再有恶意,也不会轻易对人类向后竖耳朵,当他们这么做的时候,就意味着他们要动真格了。"美洲狮"就是一匹地道的原野马,他透过围栏看人的时候,耳朵却是直直地向前竖着,好像没有恶意,但是他的眼神却透露着相反的信息:你若是敢进来,我肯定对你不客气。

只有在确定了攻击目标之后,他的耳朵才会转为向后竖起,每当这个时候,就意味着有一名牛仔要遭殃了——救护车疾驰在竞技场上,看台上人们吓得脸色煞白,低声议论着。恶名传千里,"美洲狮"的劣迹不胫而走。

这一天,一个脸上长满雀斑的家伙骑到了"美洲狮"身上,他是闯入决赛的选手,前几天的比赛已经证明,在驯服野马和操纵缰绳方面,他是一名顶尖好手。

"我的天啊,"上马鞍的时候,他在围栏里说道,"我大老远跑来,就是为了骑到这样一匹马上。"他试了试,马刺已经系紧,微笑着说道:"看好了,我来教教你怎么用马刺奏出音乐!"

这个小个子牛仔自我感觉良好,他刚来城里一年,还从没在这么多人面前表演过,过去他的观众只有仙人掌和凤尾兰,比起在荒无人烟的高山驯马,乐队伴奏和观众的欢呼更容易让他超常发挥。

"这匹马很不赖。"牛仔看着他说道。给"美洲狮"套马鞍时的一阵骚乱并没有令牛仔退缩,他爬上围栏,脸上依然挂着自信的笑容。他曾跟上百匹赛马打过交道,知道进攻方式单一是马儿们最大的弱点。

作为地道的草原牛仔,他随时准备迎接各种考验,如果说"美洲狮"是从地狱来的使者,长着犄角、叉开的尾巴和分趾的脚掌,他肯定会更高兴,因为牛仔有信心把他治得跪地求饶,夹着尾巴逃回老家去。

"牛仔已就位!"一旁的助手大声喊道,裁判们早就严阵以待,毕竟是"美洲狮"要出场了。

大门一开,"美洲狮"像酒瓶上的木塞一样弹了出来,牛仔大喝一声,吹响了战斗的号角。他脸上挂着笑,从裁判面前一掠而过,一边踢着马刺,刺激着赛马。

"唔——哈!"牛仔呼号着,"美洲狮"又一次高高跃向空中,扬起的尘土让裁判们看不真切,可就算没有尘土遮蔽,"美洲狮"动作之快,单凭肉眼也很难跟上。接下来的时间,"美洲狮"在竞技场上横冲直撞,逐渐掌握了主动,牛仔虽然还在大喊大叫,拿马刺踢个不停,但他被甩得左摇右晃,眼看就要掉下来了。

见情况不妙,一旁盯场的人赶忙上前,想在牛仔被甩飞之前拉住缰绳,可还是太晚了,下一秒发生的事让看台上所有观众脸色发白,抱作一团。那个牛仔,还在踢打着,被猛地一颠,从马鞍飞到了半空中,朝地上栽下去,就在这时,"美洲狮"腾起身子,后腿直立,在空中转了个身,他的耳朵向后竖起,亮出牙齿和马蹄,快如一道闪电,朝牛仔扑了上去。

那个瞬间,牛仔试着在空中保持平衡,而"美洲狮"穷追不舍,一心想要致牛仔于死地。

似乎是天意为之,牛仔落地的时候滚出了围栏,这才侥幸逃脱了被踩成肉酱的命运,但即使隔着栅栏,"美洲狮"还是不肯罢休,他踢蹬不止,把围栏撞得粉碎,直到两条绳子套住他的脖子将他拽开,事情才算告一段落。

周围的人一拥而上,只见雀斑牛仔站起身来,茫然地看了看四下围观的人,又低头看看自己的衣服,衬衫几乎被扯烂了。他揉了揉生疼的脸,肋下和后背被踢得隐隐作痛,自己亲手做的生皮护腿上满是蹄印,牛仔又痴痴地笑了起来,过了一会他说道:"好家伙,要不是我穿了护腿,这会儿已经见上帝了。"

从那天起,雀斑牛仔就跟这匹马耗上了,只要有这匹马参加的比赛,他总是靠在围栏边观看,他想不出这匹马身上非同寻常的恶意从何而来,看来要想驯服他,光靠技术和胆量是不够的,还要有与之匹敌的智慧。

春、秋、冬季,他都在原野上苦练自己的驯马技艺,到了夏天,他就跟随"美洲狮"的行程,四处参加竞技比赛,他多么希望有一天能凯旋归返原野,骄傲地跟主管说:"我把'美洲狮'给驯服啦,干净利落。"

就这样,他跟随了两个夏天,与其他驯马好手同场竞技,三次杀入了总决赛,但每次都以他摔倒在地,仓皇逃窜而告终。他曾对某个牛仔说:"这匹马可是动真格的,可天晓得,我就是欲罢不能。"

过去的三个竞技之夏,"美洲狮"不断挑战着世界各地的优秀骑手。

又一个春季到来，牛仔竞技拉开了大幕，一如往常，海报上写着"美洲狮将出战"，这就意味着，过去的五年中还未有人征服过他，胜利的枪声还不曾鸣响。

他照例还是把人甩来甩去，记录一直保持到了秋天，直到另一场竞技比赛，一名来自怀俄明牛仔的出现。他是到南方来过冬的，恰巧听说了"美洲狮"的事，便报名参赛了。

他实力卓群，从预选赛一路杀入半决赛，不费吹灰之力，只为在决赛中会一会传说中的"美洲狮"，运气好的话还能赢取那一千美元的奖金。

这天下午，该是他出场的时候了。他在围栏边不停踱着步，仔细检查着马鞍上的皮带和肚带，看它们是否系得牢靠，能不能禁得住他在马背上的拉扯。

裁判报出了他的名字，示意他上场，就在这时，"美洲狮"透过围栏瞥了他一眼，喷了个响鼻。看着他不可一世的表情，牛仔微微一笑，说道："我有预感，这匹马比我骑过的任何一匹都难对付，但事已至此，只能祝我好运吧。"

"祝你大大的好运。"旁边一个牛仔说道。

套好马鞍，勒紧肚带，牛仔爬过围栏，坐在了马背上，这曾把全国最好的骑手甩下去的地方。他拉紧缰绳,把腿往前挪了挪,身子稍向后倾,准备迎接第一下剧烈的颠簸。他摘了帽子,尽可能扎实地坐在马背上,然后大喝一声:"我们出来了!"

比较贴切的说法是,他们像出膛的子弹一样射了出来。裁判们还没反应过来,人和马就在竞技场上展开了殊死较量。弥漫的尘土逐渐散去,在场所有人都露出了不可思议的表情——牛仔居然还待在马背上,而且看样子还会一直骑下去。

裁判们坐在马上,目瞪口呆,有人能在"美洲狮"背上待这么长时间,他们还是第一次看到。比赛时间已到,可他们只顾发愣,都忘了鸣枪,还是有一个人大喊一声,叫醒了他们。

枪声响了,裁判刚一宣布比赛结束,牛仔就从马背上摔了下去,这场比赛够他恢复几天的——"美洲狮"的第一跳,就让他感觉脊柱要从喉咙里戳出来了,接下来一连串的狂颠几乎让他昏了过去,他凭着牛仔的经验,努力维持着清醒,一边把握着马匹的动向,似乎经过了漫长的一个钟头,他才听到一声模糊的枪响,这意味着那笔奖金已被他收入囊中了,更重要的是,他是第一个在比赛中驯服"美洲狮"的人。

看完比赛,观众席上一个十分了解"美洲狮"

的牛仔侧身对旁边的人说道:"你有没有发现,'美洲狮'的竞技水平一场不如一场了。特别是这次,要是他能表现得跟去年夏天一样,马背上的人恐怕不会坚持这么长时间。"

"我也发现了,那匹马的动作好像变慢了些,"另一名牛仔表示赞同,"可也难怪,毕竟'美洲狮'已经在竞技场待了六年了,反正我是想不明白,他的腿怎么能受得了这种负荷。"

这两人并非吃不到葡萄说葡萄酸,其他牛仔也注意到了"美洲狮"水平的下滑。那年秋天,一个从边境来的小不点成为了第二个征服"美洲狮"的人,接下来,又有两个人接二连三挑战成功,观众们明白,"美洲狮"已经不再是当年那匹叱咤风云的赛马了,他的奖金从一千美金降到了五百美金,名声也不复以往了。

甚至他对人类的仇恨也在渐渐平息。有一次,一个牛仔正好被他甩到了眼前,看台上的观众吓得屏住了呼吸,要是换作一年前,这个牛仔肯定会被踩成肉酱,可是"美洲狮"似乎对他不感兴趣,小心翼翼地跳着,生怕踩到了牛仔。看台上的观众窃窃私语,"美洲狮"现在更像是被训练来表演的宠物,至于他杀人的名声,只是竞技比赛宣传的伎俩罢了。

不管人们怎么想,斯摩奇正在从"美洲狮"慢慢做回自己,倒不是因为他的腿脚已经老得跳不动了,而是自他第一次来到竞技场,第一次低头面对这么多观众以来,这么多年过去了,他虽然接触到了许多人,但都只有一面之缘,从来没有人摸摸他的头,对他表示理解,对这些人,他能有多少恨呢?

对混血牛仔仇恨的毒药浸透了他的心,蒙蔽了他的双眼,对周围人给他的关怀视而不见,直到第五个年头,他才如梦方醒,竖起耳朵,开始接受人们投来的仰慕和尊敬。

"美洲狮"的名号又维持了一段时间,但那匹马儿已经变得名不副实了。第二年春天,牛仔竞技又如火如荼展开的时候,许多优秀骑手还是慕名而来,只为能亲手降伏这匹传说中的马儿。但令他们大失所望的是,那个蹦跳有力、动作迅捷、能够把人甩懵的"美洲狮"已经一去不返了,现在的他跟一匹普通的赛马无异,任人再怎么挑衅,也激不起他的斗志。每次装上马鞍,他还是跳哇,跳哇,可越来越多人能坚持得住,直到最后,再没有人被他从马背上甩下来了。

"美洲狮"的心渐渐消逝,"斯摩奇"的心慢慢回归,老而弥坚。

这匹灰褐色骟马变得越来越温和,牛仔不用再跟他保持安全距离,也不用围起高高的栅栏防止他的牙齿和蹄子伤人,进出竞技场的时候,也不再需要绳子的束缚,只需要像普通马一样对待他就可以了。

不久后的一天,牛仔送来了一匹灰色马,又高又瘦,脖子粗壮,下巴突出,凹陷的、凶光毕露的眼睛下面长着尖尖的鹰钩鼻,这些特征都表明他是一匹天生的烈马,而且特别能跳,好像他就是为了成为一匹赛马而降生的。

人们管他叫作"灰美洲狮",似乎是有意让他填补"美洲狮"的空缺,但要真比起来,就小巫见大巫了。这匹马只是天生顽劣成性,少了"美洲狮"的野心和头脑,但他同样难以驯服,退而求其次,用来填补竞技场上的空缺应该足够了。

上场之初,他就不负众望,将好几个人甩下了马背。与此同时,已经很久没有人花钱请年迈的"美洲狮"参赛了,他开始逐渐淡出人们的视野。

那匹灰色烈马的横空出世标志了他竞技生涯的没落，不久后发生的一件事更是彻底终结了他的赛马生活。

裁判报出了"美洲狮"的名字，这场比赛轮到他登场。现场观众翘首以待，他们有的久仰"美洲狮"的大名，渴望今天眼见为实，有的对这匹马已然十分熟悉，但还是情不自禁地屏住了呼吸。

大门打开，那匹传说中的黑褐色烈马——"美洲狮"，迈着大步来到了赛场中央。

人们对过去的辉煌并不抱有多少尊重，这是放之四海而皆准的事实。假使"美洲狮"能再跳得猛烈些，像过去那样撕烂点什么东西，观众或许会感到心满意足。可"美洲狮"的心已成为过去，现在只想做回"斯摩奇"。他无心恋战，连一下也不愿再跳。

观众大失所望，觉得自己的钱花得冤屈。"快牵下去吧，让他去拉送奶车！""卖给老太太当坐骑！"有人起哄道。这样说的皆是无知狂妄之人。

牛仔骑着"美洲狮"下了场，他停住马，翻下马背。听到外面喧嚣的嘘声，牛仔摸了摸马儿的脖子，说道："没关系，老伙计，你已经尽力了。我真希望给你解开绳子，看你冲进人群里把他们吓得四处逃窜，但我知道，你已经不想再争辩了。"

竞技比赛的最后一天，各种奖品分发完毕，第二天早上，人们把赛马装上火车，奔赴下一个城镇的竞技场。其中一节车厢里，曾经属于"美洲狮"的位置上，如今站着那匹灰色马，看着火车开动，他喷了一下响鼻。而美洲狮被留了下来，从围栏里，他看着火车渐行渐远。

第十三章 任人骑乘

竞技场上,"美洲狮"已经没有什么价值了,他被以二十五美元的价格卖到了出租马房。马房老板合计着,就算只花了二十五美金,也要让这匹马物尽其用。看他还算丰腴强壮,就套上缰绳,让他和其余六七匹马儿一起,到沙漠里运货去吧。

就在斯摩奇被屈尊套上马具之前,事情又有了转机。这一天,小镇迎来了许多游客,其中一个提议要骑马玩,于是一时间,出租马房的老板收到了许多订单,可细数下来缺了三匹坐骑,他东拼西凑找来了两匹,可还差一匹,思来想去,他的目光落在了那匹灰褐色马的身上。

开始的时候,他根本没考虑这匹马,可最后实在没辙了,他决定亲身试验一番,只要这匹马跳一下,就决不能给游客骑。他把马牵了过来,绑上马鞍,怀着忐忑的心情跨上了马背。

出乎他意料的是,"美洲狮"很温顺,并没有像在围栏里一样乱蹦乱跳,拉动缰绳马儿也很配合。那人安心坐在马背上,腿不发抖了,煞白的脸也变回了正常的颜色。他微笑起来,不无惊奇地自言自语道:"真不敢相信,你还真是匹坐骑马。"

过了一会儿，游客们都套上了鲜亮的骑马服，马房老板已经等在那儿，考虑着马匹要怎么分配，他对"美洲狮"会做何表现还是没有把握，仔细环视了所有的游客两圈后，挑出了一个最强壮、看上去最有能力的年轻人。

他把"美洲狮"的缰绳递到了他的手里，小心翼翼地问道："你骑马技术还可以吧？"

那个年轻人朝他转过身子，觉得这个问题莫名其妙："当然了，咋啦？"他嘲讽地说道。

老板盯着他笑了笑，没说话，径直朝街上走去，他一边低声重复着年轻人的话，一边笑得更厉害了："希望你骑上马的时候还能这么自信。"

到了傍晚，游客们玩得都很尽兴，陆续回到了马房，那个年轻人还骑在"美洲狮"的身上，完全没有疲乏的样子。马房老板见状长舒了一口气，之前他还在担心这个年轻人能不能驾驭得了这匹赛马，但现在看来一切都好。

"这真是匹好马，"年轻人说着下了马，他煞有介事地说道，"我就说我会骑马吧。"

"这匹马叫什么名字？"那个年轻人问道。

马房老板陷入了思考，要是告诉他这匹马的名号，这小子知道自己骑的是曾一度无人能驯的名马，尾巴还不得翘到天上去啊，再说，要是他知道骑的是一匹危险的赛马，说不定下次就不来了。犹豫了一会，马房老板给这匹马想出了一个新的名字。

"克劳迪[①]，这马叫这个名字。"他说。

[①] 克劳迪：原文Cloudy，文中意为阴天的颜色。

这个名字叫着还挺顺口，也与他灰褐色的肤色相吻合，但与之前两个名字比起来就逊色多了。"斯摩奇"立刻能让人联想到北方的牧场，而"美洲狮"更是闻者丧胆。可话说回来，马儿不是曾经的马儿了，他曾是一匹顶尖的坐骑马，后来成了一匹冠军赛马。而现如今，他沦落到出租马房，任谁高兴了都可以来骑上一骑。克劳迪，再普通不过了。

在罗技牧场作牧牛马的时候，他一心进取，不断学习新本领，终于修得正果。竞技场上，在另一种力量的驱使下，他成为了赛场上最耀眼的明星，其他马儿跟他相比都黯然失色。

不论是在原野还是在竞技场，他心中更高的目标都在激励他不断前进。可现在，马厩厚重的大门在他眼前缓缓合上，赛马的车队逐渐消失在天际，他感到生活仿佛也就此关闭了门扉。马房老板把他牵出围栏的时候，他没有试图逃跑，连响鼻也没喷一下。

他跟着那人来到了大马厩，这儿虽然是一个全新的环境，但没有什么东西能够激发他的兴趣，周围没什么人，也不需要工作。在这儿他只不过是一匹按天或者按小时出租的最普通的马。

一天天过去，随着他渐渐熟悉这个地方，他居然开始习惯了这种平淡的生活，不再喷响鼻表示自己的不满。可能他的心是真的老了，他变得对所有事都满不在乎，生活中仅剩的期待只有一天结束后喂给他的那点儿干草和谷物。有一天马房老板来给他梳理了下皮毛，这倒是种新鲜的体验，他以前从没见过马梳，但他毫不介意，甚至喜欢上了这种感觉，就像在泥地里打滚一样舒服。慢慢地，梳理毛发、谷物、休息、独自一人待着，这些成了他新的生活追求。

当然，他时不时地还要工作，以赚取草料和马房老板对他的关照。倒不是说他讨厌工作，只是他看不出每天毫无意义地乱跑意义何在。作牧牛马时，他接受训练，为的是做有意义的、非做不可的事，在竞技场上蹦跳，也是事出有因，可现在，每天要被那些所谓骑术高明的骑手呼来喝去，可他们连自己想干什么，要到哪里去都不知道，只是散漫地闲逛，像对待一匹犁地的老马一样扯动着缰绳。他们不懂马儿适合走什么样的路，一会儿是坚硬的水泥路面，一会是软趴趴的泥地，一天下来，克劳迪也是累得够呛，难怪盼望赶快回到马厩去，吃点草料填饱肚子。

他从未像现在这样渴望夜晚的休憩，他眯起眼睛，享受着来之不易的静谧与安宁。他一口一口小心翼翼地啃着谷物，唯恐草料一吃完，就又要到外面去了。每晚只有那么一小会儿，他会完全闭上眼睛，让疲惫的身心得以休息，睡一小会儿，他又会睁开眼睛，把昨夜剩下的草料吃干净，打起全部精神，迎来又一天的工作。

每天一大早，一个头发花白、大腹便便的人会走进马厩，给他套上又薄又平的马鞍和叮当作响的马镫，一顿忙活之后，才跨上马背，清晨的工作就此开始了。

那人很沉，动作也很粗拙，但他似乎知道自己在干什么，也知道要到哪儿去，单凭这点，克劳迪就有点喜欢上了他。特别是到了目的地后——不管是多么不起眼的地方，那人总是下马跟他说说话，克劳迪听不懂他说的是什么，可是没关系，那人的声音让他感到安心。

清晨的骑行总是在山谷或乡间小路进行，都是克劳迪喜欢的地方，而且那人并不催促，慢跑起来人和马都感到轻松惬意，回到马厩的时候，一滴汗都不会流。

但是克劳迪上午的工作才刚刚开始，上一个人离开后，另一个人跃跃欲试，他会换上一套新的马具，骑着克劳迪出去再溜一圈。回来的时候已近中午，稍微吃过东西后，就又有人站在马厩门口点名要他了。

"我就想骑那匹马，你又不是不知道。"

比起其他马，人人都爱骑克劳迪。马房老板有生意就做，才不管他能否禁受得住，回头多喂点吃的，保证他有力气站得起来。有时克劳迪要一直工作到晚上，累得汗水直流，走起路来也摇摇晃晃，可第二天，活儿照样还是要接。

骑过克劳迪的人形形色色，来自各个年龄、有着各种体型，有的愚蠢、有的聪慧。懂行的人知道马儿有感情，便对其体恤呵护，可大多数情况下，客人们不会考虑一匹马的感受，也不会意识到马儿走了很远的路，是不是需要休息。

所有客人里面，数小伙子们最差劲，他们喜欢骑着马儿一路飙下山坡，同伴之间还会进行愚蠢的追逐游戏，炫耀他们能把疲惫不堪的马逼着跑得多快。

为了跑得更快，人们挥动马刺和马鞭，不停地落在可怜的老马身上。他想过要反抗，可岁月蹉跎，他的意志已经磨灭，反抗之火刚一燃起便随即熄灭。他身心俱疲，接二连三落下的马鞭让他无暇自顾，作为平凡的克劳迪——马房里一匹普通的租赁马，他能做的只有跑快一些。

人们不停地爬上克劳迪的马背，殊不知他们正催促着他加速奔向死亡。他们的行径堪比一群恶狼，欺软而怕硬，在马儿年轻力壮的年纪，唯恐避之不及，可等到他年老体弱，无力反抗，又一拥而上，趋之若鹜。

狼与人不同的一点是，狼会迅速了结猎物，不会折磨他们长达几天、数周、甚至几个月，然后看着他们慢慢死去，狼猎捕是为了生存。人类则只是为了享乐，他们为了一己之欲而折磨，却对自己残忍的行径浑然不觉。

克劳迪是那么心甘情愿，即使没有马刺的催促，他也尽心竭力满足人们的要求，可这份赤诚不是被人误解，就是被认为理所应当——"他状态不错才跑得这么欢实哩！"

大部分人根本不懂马，他们不知道分辨马儿是精力充沛还是精疲力竭。对他们来说，马就是马，想让他们跑得更快，就像是给汽车加加油门，挥动下马鞭就行。

寒冬将至，凄厉的长风劲吹，秋日的好天气所剩无几。比起室外，人们更愿意待在遮蔽的屋檐之下，围绕着熊熊的火炉取暖。

游客们陆续离开了，小镇变得萧瑟冷清。一连两周，高山上吹来的冷风，夹杂着雪花，席卷了整个城镇，且一天比一天猛烈。人们一边咒骂着坏天气，一边准备着越冬的煤炭和柴火，除了马厩里的一匹老马，没人说冬天的一句好话。

当然了，那匹老马并非真的能说话，而是用心感受着冬天带来的可喜变化。游客退散，他的寿命因此能延续不少。长时间的骑行，令马鞍在他的后背留下了深深的印痕，他的皮毛也因流汗过多褪了色，有的地方已经开始脱落。他的腿虚弱无力，已经不能再驮负重物，甚至连支撑他瘦骨嶙峋的身体也算勉强，要不是冬天的到来，他已经被那群人整得骨头都散架了。

冷风已经刮了整整两周，时不时地透过墙上的缝隙钻进来，吹得马厩直摇晃，年迈的克劳迪享受着难得的清静时光，而不用担心会有游客突然出现，他太需要休息了。

人人都想知道这风刮到什么时候才是个头，可对克劳迪来说，他希望这天气一直持续下去。风的呼号对他就如同悦耳的音乐，他安心地打着盹儿，有时从睡梦中醒来，眼前还放着一叉干草，他低头吃一会儿，伴着风声，又沉入了甜美的梦乡。梦中他或许回到了遥远的越冬地，佩科斯陪伴在他的身旁，他看到了罗技牧场的其余马儿，还有克林特——他唯一真正的朋友，在山坡上远远地注视着他。

经过一冬的休养，克劳迪恢复了些精气神儿。春天终于还是来了，万物复苏的气息引得人想出门看看。一天，那个头发花白，喜欢在早晨骑克劳迪的人出现了，他成了这匹马忠实的顾客。几天之后，马厩里又来了一位很爱马的小姑娘，她想每天下午都带克劳迪出去转转，只要天气允许。

马房老板让她试了下马，看她悉心照顾马儿的样子，估计又是一个忠实顾客。有了白头发的人和这个小女孩，克劳迪再腾不出时间接待更多顾客了。

要是换了几年前，克劳迪作为受欢迎的坐骑马，再多接几个人也不在话下，可现在，他已经老得不足以跑那么多路了。马房老板也看出了这点，想尽量让他多撑两年。可是克劳迪衰老得很快，他的前腿和肩膀变得有些僵硬，已经不能像过去那样大步前进了。每迈一步，他的前蹄都像踩在针尖上，小心翼翼地，以防把肩膀和身体其余部分颠散了架。

有时候，克劳迪想像过去那样御风驰骋，可他只能在心里想想，老迈的腿实在难以为继。在竞技场上的时候,他做了太多剧烈的跳跃,来到马房的第一年,又在镇上坚硬而硌脚的街道上走了太多路,跟腱损伤特别严重。

小姑娘和那个上了年纪的人都没有注意到克劳迪的伤病,克劳迪似乎很享受骑乘的时光,而且看起来就跟四年前一样健康强壮,两人又对他呵护有加,他们不会想到,这匹马早就应该放归原野,颐养天年了。

每天下午小女孩来的时候,口袋里总是装满了糖果。她不要别人的帮助,自己给克劳迪上好马鞍,骑着他到风景优美的地方散步。她会拍拍马儿的脖子,一边抚摸他的鬃毛,一边跟他说着话,任克劳迪在岩石和灌木丛中穿行。要是路途陡峭,她就时不时停下来,爬下马背,让马儿休息一会儿。她的手伸进白色骑马服的口袋,掏出几块糖果喂给克劳迪吃。

起初,克劳迪对递过来的糖果并没有什么兴趣,他朝白色的糖块嗅了嗅,喷了个响鼻,小女孩又把糖块凑到他鼻子底下,他尝了一口,味道还不赖,于是又咬了一口,就这样一连吃了好几块。到后来,他都会要糖吃了,走着走着,他会突然停下来,转过头看着马背上的小女孩,那意思再清楚不过了:"请再给我一颗白色糖果。"小女孩站在他旁边的时候,他的鼻子会伸到口袋里搜寻,他知道小女孩总是把糖放在那里。

想象一下,要是认识"美洲狮"——曾经的杀人狂魔——的牛仔看见,如今的克劳迪向一个小女孩讨糖吃,该会多么惊讶啊!而那个小女孩要是知道,不久之前要是喂糖吃会被他咬断手,也该会多么惊讶啊!

小女孩并不在意克劳迪过去是什么样子,她有一匹贴心的马儿,这就足够了,要是她知道,糖块不是最适合马儿的食物,她肯定会在口袋里装一大把谷物的，不管怎么说，她的初衷是好的。

明媚温暖的春日里，人和动物们都想找块好地方晒晒太阳。暴风雪肆虐的季节已经过去，克劳迪休息的日子也到了头，他已经准备好了再次出发。一个明媚的午后，小女孩给克劳迪上好了马鞍，在室内待了整整一个冬天，她跟马儿一样情绪高涨，迫不及待地想到外面去看看。

老克劳迪跑出了马厩，腿上不那么僵硬了，他健步如飞，蹄子轻盈地好像离开了地面。看他这么兴奋，小女孩不忍喊停，况且马房老板说过，偶尔短程这么跑跑不要紧的。小女孩向前倾着身子，任他一路驰骋。

他一直跑，眼前的风景不停切换，一英里一英里的路途被他甩在了身后。他的身体活动开了，完全没有了僵硬的感觉。他仿佛青春回驻，爬起坡来的劲头儿像是一匹只有四岁大的小马驹。随着他越跑越远，汗水开始滴落下来，泛起白色的泡沫。

克劳迪全身都湿透了，冒着蒸腾的热气，但奔跑的喜悦让他不想停下来。小女孩坐在马背上，头发随风飘动，帽子不知什么时候吹掉了，她也毫不在意。御风而行，她感到无限的活力与喜悦，涨得通红的脸颊露出了笑容。克劳迪和小女孩都没有意识到，他们被过度的兴奋冲昏了头脑。

路越来越陡峭，他们沿着小溪一直走，来到了一处峡谷，克劳迪的呼吸变得急促起来，他的鼻孔大张着，还是喘不动气。现在他有两个选择——要么放慢脚步，要么精疲力竭最后倒在路上，但克劳迪不想慢下来，他是那种绝不言弃的马儿，他会一直奔跑，直到心脏停止跳动。

小女孩还沉浸在奔跑的喜悦中，对克劳迪的情况毫无察觉。就在这时，他们突然被迫停了下来，春天的融雪汇成了一条十英尺宽小河，将前路拦腰截断。

小女孩回过神来,她停下马,四下看了看,发现没有路可以过去,只能原路返回。她把手放到克劳迪的脖子上,似乎想告诉他:"真扫兴啊,居然没路了。"可她还没说出口,就摸到了沾满汗水和泡沫的身体,她哑口无言,这时才发现克劳迪已经上气不接下气了。

我都做了些什么啊!小女孩一时慌了手脚,不知道该怎么办。她不由得后退几步,瞪大了眼睛盯着克劳迪,她还从没有见过一匹马像这样浑身发抖,他勉强地站立着,身体左摇右晃,似乎随时都可能跪倒在地。她必须做点什么!

小女孩觉得,克劳迪可能是身体过热而感到头晕,她要做的第一件事就是帮他降温。她解下马鞍和鞍褥,扔到了地上。看到马背上升腾起了一阵热气,她知道这招管用了。接着,她又看到山脚下有一条小溪,就在离他们不远的地方。

她小心翼翼地牵着克劳迪,跳过一块块卵石,走到了齐膝深的水里,她把马停在那儿,用手掬起一捧捧清凉的雪水,泼到了克劳迪的胸口、肩膀和后背上。

大约过了半个小时,克劳迪终于停止了颤抖,呼吸也变得均匀,看样子体温已经降下来了。过了一会儿,他开始一口一口地饮水,小女孩望着他,确认最危险的时刻已经平安度过,克劳迪得救了。小女孩如释重负,拍拍马儿的脖子,笑了起来。

太阳逐渐西斜,小女孩看克劳迪已经完全恢复,便开始往回走。克劳迪状态不错,身上的汗水也已经干了。一路上,小女孩都牵着他在山的背阴中行进，这个时节，不见阳光的地方还有些清冷，等小女孩又把马鞍放到他背上的时候，他甚至忍不住打了个寒颤。

跟来时相比，回去的路就像是在参加送葬。他们走得很缓慢，小女孩一路照顾着克劳迪，只挑最容易走的路。她很担心，因为她注意到克劳迪跟之前很不一样，他的步子迈得不那么坚定了，即使脚下没有绊脚的东西，也会时不时地摔倒，他的身子摇摇晃晃，一副很虚弱的样子。

等他们终于回到马房，天色已经很黑了，马房老板守在门口，见小女孩回来，笑着迎了上去，开口问道："走之前你给克劳迪喝过水吗？"

"没有，"女孩说道，"但是回来前在山里喝过了。"

"我这么问，是因为我新雇的男孩忘记给他喂水了，他还以为我喂过了嘞。"

第二天，那个头发花白的老人没来骑克劳迪，事实上，一个人也没有来。可怜的克劳迪，连走出马厩的力气也没有了，他的腿像木头一样不能弯曲，头几乎垂到了地上，马槽里放着的干草连一口也没有动过。

中午的时候，女孩来到了马厩，看见克劳迪这个样子，差点哭了出来，马房老板在一旁，她才强忍住了泪水。

"看样子他快不行了。"马房老板走过来说道。他没有问小女孩发生了什么，看一眼他就能猜个大概。干租马这行，就要承担这个风险，而且看着小女孩这么伤心，他也不忍责备，只想怎么让她高兴起来。

"我会尽力医治他，可能会有所好转的。"

听到这话，女孩重新燃起了希望，她眼中闪着光，问道："我能过来帮忙么？"

从此之后，女孩每天都来与克劳迪做伴，还拿来了各种药物。看她这么尽力，马房老板在一旁暗暗摇头。他知道这么做徒劳无益，即使这匹马真的奇迹般地活了下来，也不足以再做一匹坐骑马了。

　　这匹马废掉了——二十四小时滴水未进，一路狂奔，浑身冒汗，随后又突然骤冷，浸泡在冰凉的水里，喝了一肚子凉水，接二连三的错误举动彻底击垮了他，就算他能好起来，也只能干点拉拉马车的慢活儿了。

　　一个月过去了，小女孩还没有放弃救治，她一直怀着些许希望。直到有一天，她来到马厩，发现克劳迪不见了。她急忙去找马店老板，终于在装干草的阁楼发现了他。

　　面对小女孩的逼问，他说道："我觉得，最好还是放了他吧。北方有块很好的草场，那儿有鲜嫩的草，克劳迪应该会喜欢的，我就把他领到那去了。"

　　可那儿根本就没有什么优良的草场，至少短距离内没有，他这么说只是不想让女孩难受。实际上，他既不能放了克劳迪，任他活活饿死，也无力喂养一匹毫无用处的马，最后，他把克劳迪卖给了一个专收老马，然后宰了做鸡食的人。

第十四章　守得云开见月明

专收残废老马的人来把克劳迪领走了。那人在镇外有一小片长满盐草的牧场,他把克劳迪带到那儿,跟其他老马待在一块。等到镇上哪个养鸡人需要,他们当中看起来最短命的就会被宰掉,然后拖走。

这匹灰褐色的老马也命不久矣。"斯摩奇"和"美洲狮"时代全部的丰功伟绩,已经在"克劳迪"的名号下渐渐淡忘,而现在,他连名字也没有了,只是鸡饲料,他所做的一切,都将随着一声枪响灰飞烟灭。

但是这匹老马无意就这么消亡,现在放弃还为时尚早。他年迈、僵硬的腿尚且迈得动步子,马房里接受的治疗也起了些作用,这使他还能在牧场上自如地跑动。而且他的心跳依然有力,包着筋骨的肉还很结实,加上盐草和狗尾草的喂养,他还能挺得住。

好几个星期过去了,每隔几天,与他一同吃草的老马就会被捉去,一声枪响后,再也不见回来,新的老马又补充进来。就这样,他身边熟悉的身影一个个消失、替换掉了。可能是因为这匹灰褐色老马看上去还能活很多年,也许是为了留作备用,反正克劳迪一直活得好好的。

一天，牧场上来了一个人，对着所有老马仔细研究着。最终，他下定了决心，拿手指向了克劳迪，像其他老马消失前那样，克劳迪被抓了去，带到牧场外面，但他听到的不是枪响，而是一阵讨价还价的声音。

克劳迪被领到了另一匹老马身边，那匹马拉着一辆小货车，瘦骨嶙峋，站也站不稳，两个人的视线在两匹马之间游来移去，衡量着哪个更值钱，能值多少钱。

最终，两人以三美金的价格达成了一致。那匹瘦削的马被从货车上解了下来，带进了牧场，难逃成为鸡饲料的厄运；而克劳迪则又被套上了挽具，他的心漏跳了几拍。

作为一匹真正的骑乘马，他曾经很难驾驭，现在给他套上马鞍，就像递给牛仔一把铁锹或是干草叉，让他感到无比屈辱。他喷了声响鼻，以示不满，但那个皮肤黝黑、蓄着胡子的人根本不在意他是否喜欢套在身上的东西。那人自顾自系紧了挽具，牵着克劳迪转了个圈，带到了那辆旧马车旁。克劳迪喷着响鼻，左顾右盼，他想反抗，可是又没有力气，只能不停地摇着头，浑身发抖。

当那个人跳上货车，扬起马鞭的时候，老克劳迪终于忍无可忍，恢复了点从前的血性，对着轮子上拴住他的东西狠狠踢了几脚，他弓身子跳起来，想逃离这个地方，可不管他跑到什么地方，挽具都如影随形。更糟糕的是，他每挣扎一下，那个人的鞭子就毫不留情地抽在他的身上，还用力扯动马嚼。眼看逃跑无望，克劳迪终于安静下来，茫然地原地踱着步子，慢慢走了起来。

又一鞭子落在了克劳迪身上，那人绳子一扯，克劳迪拐进了一条小巷。

小巷的尽头有一座小屋，木头搭建，贴着一层旧油罐的锡皮，右边不远处是另外一座小屋，跟前一座长得很像，就是更破了点儿，这一座将是克劳迪干完活后休息的地方。

那人下了马，解下马具，把克劳迪拴到了马槽边上。砰的一声，马厩的大门关上了，虽然前途未卜，克劳迪还是得顽强地活下去，过了一会儿，他把鼻子伸进马厩里，吃了一口里面的东西。他想当然认为里面是干草，可没嚼两口，一股霉味就在嘴中弥漫开来，他从没吃过这种脏乎乎的长杆稻草，以前马房老板拿来给马铺床的草都比这要好。

整个晚上，克劳迪都饥饿难耐，他时不时把鼻子凑到发霉的草堆里，想看看有没有能吃的秸秆用来果腹，可他什么也没有找到，先前那匹瘦削的马也是这番待遇。克劳迪的新主人舍不得买昂贵的干草，连这些发霉的稻草都是附送的，够每匹马撑上半年，等到他们虚弱得干不动活儿了，就贴上几个钱，再换匹新的，反正做鸡饲料的人从不挑肥拣瘦。就这样年复一年地，他榨干了每一匹马身上的最后一点儿力气。

他有几英亩的土地，一半地里全是石头，不宜开垦，只能用来养鸡。他或买或偷，搞到一点儿鸡饲料，回报却颇丰。每次去镇上，货车里总能装满一篮子鸡蛋，销路很好。另一半的土地用来种植各种蔬菜，饿着肚子的马用来犁地，收获后还要拉着送到镇上去卖，偶尔在镇上接点杂活儿，通过出租马匹和货车赚个几美元。

第二天早晨，天蒙蒙亮，克劳迪就要开始干活了。上马具的时候，那人瞧见了马槽里几乎没动过的稻草，冷笑一声，说道："你迟早会吃的。"

克劳迪在那一天里见识了许多工具，每一种都奇形怪状，与他接受过的训练格格不入。他所做的工作就是不停地拉呀、拉呀，用完一种工具，就换上另一种，在田垄里来来回回。如果他偶尔动作慢了，或者迟疑着该做什么，鞭子就会及时地落下来，催促他赶快做出决定。

他的肌肉是套着马鞍时练就，用来驮负重物的，改变起来谈何容易？现在的工作需要他使劲儿往前拉，这与冲出去拦住一头急眼的牛犊差别太大了，也完全不像从围栏里冲出来，在观众面前上蹿下跳，甚至连驮着游客四处闲逛也比不上，虽然那活儿不怎么体面，但至少他还觉得自在一点。

但现在，浑身上下捆着皮带，他感觉自己被束缚住了，心脏也勒得跳动不得。奇怪而辛苦的体力劳动，马鞭抽打他时的刺痛，精疲力竭的一天结束后还没什么可吃，这匹老马的心怎能不衰竭？

几周过去了，对克劳迪来说，每一天都过得极为漫长，田地里和镇上的双重重担压得他喘不过气，连恨的力气也没有了。他的心渐渐麻木，别人虐待还是关心，在他看来全一个样。白天他感受不到扯动的缰绳，夜晚的到来也不能给他以慰藉。他开始吃那些稻草，仅仅是因为它们就在嘴边，他不再介意发霉的味道，实际上，他已经不再介意任何事了。

不用忙活货车和养鸡的时候，克劳迪的主人总喜欢往镇上跑，有一件事总让他兴奋得摩拳擦掌，那就是每年的牛仔竞技比赛，每到那个时候，他总能发几笔横财。

跟往年一样，今年比赛组委会也派给了他许多任务，他装满一车蔬菜，牵着年迈的灰褐色老马上路了。克劳迪整天都在赶路，尽管货车满载，沉重异常，他还是被催促着不停赶路。

对克劳迪的主人来说，这样的日子棒极了。小镇上到处是人，非常热闹，而且大部分都是陌生人，他可以随便搭讪，甚至还能攀谈一会儿。可对克劳迪来说日子却是苦不堪言，每天回到马厩都已是深夜了。

这些陌生人都是来看比赛的，大部分来自周围的城镇。涌动的人群中还经常可以看到带着高帽的牛仔，他们就是参加骑马、套绳、斗牛等各个项目的比赛选手。此外，还有来自北方诸州的牛犊买家，他们都住在卡萨旅馆。

这些买家是为在墨西哥边境捕获的一大群牛犊而来，墨西哥境内的牛犊生意难做，两大势力之一的潘佐正在为战争囤积牛马，剩下的都被亚奎斯悉数掠走，手里有几头牛的农场主纷纷越过边境，到美国来试试运气，正因为这个原因，卡萨旅馆才人满为患。这些农场主本身也都是牛仔，竞技比赛这么盛大的庆祝活动，他们自然不会错过。

这天，两个买家在旅馆的大厅里聊起了第一天的赛事。他们正前方，人行道旁杵着的电线杆上，贴着一张竞技比赛的宣传海报，上面是一幅赛马跃起的照片，那是"灰美洲狮"，论野性和跳跃能力，唯一能与名噪一时的杀人狂魔"美洲狮"相媲美的马。

两个人继续聊着比赛，自然而然的，他们的话题就转向了"灰美洲狮"，讨论着他了不得的跳跃能力。

"那些牛仔告诉我，"其中一人说道，"要论起跳跃和反抗的本事，'灰美洲狮'跟'美洲狮'本尊相比，根本就是小巫见大巫。"

正当他们讨论时，一匹灰褐色老马拉着一架装满蔬菜的货车从他们眼前经过，正停在贴着海报的电线杆跟前。看见老马，坐在大厅里的牛仔笑了笑，看似认真地端详起来，他伸手一指，说道："站在那儿的肯定就是老'美洲狮',至少他们颜色一个样,克林特。"

那个叫克林特的牛仔对此付之一笑,可他盯着那匹老马看了一会儿,很快就笑不出来了。他注意到那匹马身上处处都是马鞍留下的印痕,于是说道:"你还别说,那匹老马过去可能真的是匹很难对付的坐骑马,但现在看来,一切都已成为历史了。"

"是啊,"另一个人表示赞同,"这匹马能经受这样的折磨真是奇迹,真不知人道主义协会那帮人在干什么,怎么连这种事也看不见,换了我,早就把这么虐待马的人吊死了。"

两人不说话了,就在这时,他们看见一个留着胡子的人从旅馆里走了出来,手里挎着个空篮子,他爬上灰褐色老马拉着的货车,把缰绳一扯,抽了一下马鞭,催促那匹马跑了起来。

看见马鞭落在那匹马的身上,克林特想要站起身来,另一个人拽住了他的胳膊,说道:"别管了,老伙计,要是他做出什么过分的事,人道主义协会的人会收拾他的。"

那个叫克林特的牛仔坐下来,可他心里很不是滋味,也没什么心情聊天了。他的朋友见状转开话题,聊起了北方的事:"听说罗技牧场明年就要卖掉了,这是为什么?"他问道。

克林特对朋友会心一笑,转过身来说道:"我猜是因为老汤姆觉得这种日子该是个头了,他总是为别的事忙得团团转,而且那牧场也今非昔比,快经营不下去了。"

"那罗技牧场卖掉之后,你要怎么办?过去几年里,我知道你好几次离开那个牧场,可又都回去了,好像别的地方待不住似的。"

"我都打算好了，"克林特热切地聊起了自己的新计划，"你知道我刚去罗技农场时驯马的地方吧？我说服了老汤姆·贾维斯把那个营地卖给我，附带周围四千英亩丰沃的草场。等我把最后一批牛运回北方，我就有足够的钱买下牧场，再买几头小牛，开始自己养。"

克林特总是梦想着，在北方牧场的腹地，能有属于自己的一小块立足之地，他的牛在那儿悠闲地吃着草，光滑的身上有属于自己的标记。如今他的梦想终于要实现了，再过几天，他就动身返回北方，这次再也不离开了。

牛仔竞技赛的最后一天晚上，克林特准备乘上满载牛犊的火车离开了，旅馆大厅里，他跟朋友正做着最后的告别。就在这时，门外的电线杆旁，那匹灰褐色老马又出现了，不偏不倚，正停在几天前相同的位置。

这次两个人很快就认出了他，不知怎么的，两人都不说话了。他们忘不了第一次见到那匹马的样子，而那马如今又出现在了他们眼前，这仿佛是一个警醒，让他们陷入了沉思。那匹老马的身影诉说着他所遭受的种种挫折，那些过去的故事，以及他本该拥有的更美好的生活。

两人正这么想着，克林特的脑海中逐渐浮起了一种久远而模糊的印象，他仔细打量那匹老马瘦削的身形和长着白色条纹的脸，可就是想不起来。

那个卖菜的男人坐到了货车上，像往常一样，顺手拿起了马鞭。克林特看见了起身就要追出去，朋友为了留住他，顺口说道："你那匹叫斯摩奇的牧牛马怎么样了，他以前……"

可这个问题只能留给他自己回答了，克林特已经冲了出去，旅馆大门砰的一声关上，他的身影从窗户边一掠而过，转眼已经冲到了马车上，一把揪住惊呆了的菜贩子的胡子，把他从马车上拽了下来。

警长办公室桌上的电话响了好一阵才被接了起来,电话那头传来一位女士的叫喊:"卡萨旅馆旁边有人拿鞭子打人啦!快来人!赶快!"

警长马上赶到了现场,一来就调查起是什么引起了这场纠纷。他看见那匹老马瘦削的样子,身上还有多处鞭痕,而那个留胡子的人脸上也有相同的鞭痕。警长很懂马,也很了解人,已经大概猜到了是怎么回事。他站着看了一会儿,笑了起来。

"我说,牛仔,"他开口说道,"别打得太狠了,就算你是白人,犯了事儿也要登记在案的,而且,到时候我也不想满大街调查,你打死的那个人是谁。"

听见声音,克林特转过身,对着警长打量了一番,然后又转向菜贩子,在他头顶把马鞭掰成两截。完事后,克林特擦擦手,起身把那匹老马从货车上解了下来。

整个晚上,克林特和警长都在调查菜贩子的事,他们找到了用马肉做鸡饲料的那个人,从他那儿掌握了许多菜贩子虐马的证据,足够让他在监狱里待上一阵子了。

克林特和警长赶往马厩,他们的下一个调查地点:"真高兴我们逮住了他。"警长在路上说道。

在马厩里,克林特听说了斯摩奇作为"克劳迪"时的许多故事。马房老板继而交代了他知道的全部——斯摩奇作为"美洲狮"时何等刚烈,整个西南部无人不知,无人不晓。

听到这些,克林特暗暗为斯摩奇感到骄傲。"美洲狮"跳跃的名声甚至越过边境传到了加拿大,他自言自语道:"果然,斯摩奇做什么都会做到极致。"但有一点他想不通，斯摩奇为什么会变成那个样子，对此马房老板也不知情，他也是第一次知道那马性子以前不这么烈。

他说道："一群牛仔在沙漠里发现了他，当时他混在一群野马中间，背上驮着个马鞍，告示贴了好几天，但是无人前来认领。他性子那么烈，又很能跳，自然而然被卖去当了一匹竞技马。"马房老板摇摇头，继续说道，"好一匹竞技马。"

"好了，"警长说道，"又找到一条线索，事情已经真相大白了。"

当天晚上，一切都按计划进行，装牛犊的车厢挂上了火车头，突突地开往北方。列车最后一节宽敞车厢里，安放着一捆上好的干草、一桶清水和一匹灰褐色老马。

对于那匹老马来说，这个冬天不同于以往任何一个冬天。一开始，他好像神情恍惚，没什么意识，也看不清东西。他苍老的心中仅剩一小点火苗还在燃烧，稍稍一丝微风就会将之吹熄。

克林特将老马安置在一间温暖的马房里，马厩里填满了最好的草料，连地上铺的都是这种，水放在最容易够得着的地方。另外，牛仔还花大价钱买来了许多药粉，他所做的这一切，都能使一匹马起死回生了。

两个月过去了，斯摩奇还是没有好转，希望已经非常渺茫，但克林特始终没有放弃，一直悉心照料着。要是管用，他甚至会在壁炉边安张床，把斯摩奇接进来。为了能看到老马眼里重新闪过一丝生命的火花，他什么都愿意做。他把手放到老马瘦削的脖子上，抚摸他皱巴巴的脊背，咒骂着把他变成现在这个样子的人。想起从前的斯摩奇，他的眼泪几欲夺眶而出。

此时的斯摩奇已是风中残烛、行将就木，克林特知道，他比任何时候都更需要一个朋友。虽然斯摩奇现在已经一文不值,但在克林特心中,他是那匹值四百美金的骏马。

夜以继日的悉心照料之后,克林特的脸上终于露出了一丝笑容。老马的脊背慢慢舒展开来,经过几周食物和药物的调养,他的身上开始长肉了,不再那么瘦削。一天,老马的眼中重新燃起了光亮,他开始对周围的事物感起兴趣来。

老马的身体渐渐丰满起来,新增的肌肉填满了他的骨架。他的精神越来越好,视力也在慢慢恢复,他能注意到眼前这个东奔西走、时不时地摸摸他跟他说话的人了。有一天,克林特对着他叫了一声"斯摩奇",老马甚至竖起了一只耳朵。

从那以后,老马身体恢复得很快。冬日呼啸而去,早春逐渐临近,斯摩奇熬过了最难的日子。随着白昼渐长,天气越来越暖,克林特偶尔会领着斯摩奇到太阳底下散散步,有助于老马的血液循环。斯摩奇会在周围溜达上好几个小时,有时还会走得很远,但当太阳落山时,他总会回到马房门口,克林特守候在那里,为他开门。

克林特有时会花好几个小时盯着老马出神,他想知道,斯摩奇还记不记得以前的事,在到过那么多地方,遇见过那么多人后,他是否已经忘了家乡的原野和曾经的故事。离这几英里外,就是他出生的地方,哺育他的高山,仍旧覆盖着皑皑的白雪,年幼的他曾和妈妈在那儿一同嬉戏。马房和小棚屋旁的围栏里,他在那儿第一次烙上烙印、系上马鞍。在所有事中,克林特最想知道的是,斯摩奇还记不记得他这个牛仔。

克林特一直希望,当他某天打开马房门的时候,斯摩奇会像过去那样嘶鸣着欢迎他。但一天天过去，虽然斯摩奇的身体已完全恢复，但他还是没有听到期待的嘶鸣声。

"有人肯定伤透了他的心。"克林特自言自语道。他站在那儿，像往常一样盯着斯摩奇出神。

春天到了，绿意青葱的山坡取代了覆雪的河岸，小溪沿岸的杨木也抽出了新芽。一个明媚的春日，克林特在原野上巡视时，遇到了一群野马，其中有两三头只有几天大的小马驹。克林特知道，老马对小马总有一种强烈的兴趣和喜爱，斯摩奇要是见了小马，肯定会很高兴，说不定还会记起以前的事。于是，克林特一路跟在马群后面，把他们赶进了围栏。斯摩奇正好在外面溜达，一看见马群中的小马驹，他的脑袋抬得老高，用尽全力朝着马群跑去，加入了他们的队伍。

克林特留他和马群们独自待着，自己则退到大门边观察着。斯摩奇渐渐回到了熟悉的生活，他在马群中来回穿梭，灵巧地躲避着其他马儿的蹄子和牙齿，眼中放射出久违的光芒。

克林特看到，斯摩奇仿佛在对小马们欢笑，而他自己也变成了一匹只有两岁大的小马，追逐嬉戏，重拾了过去的童心和乐趣。看到这样的景象，克林特既惊讶又欣慰，他咧开嘴笑了。"老了又怎样，"牛仔说道，"看样子他还能享受许多个夏天呢。"

"或许，到那时，他可能就想起我了——我希望。"

克林特又盯着他看了一会儿，斯摩奇和马儿们渐渐变得熟络了。此时此刻，克林特做出了最后决定，或许，放斯摩奇走才是最好的选择。他牵着坐骑走出了大门，任马群从他面前飞驰而过。老斯摩奇犹豫了，他很想

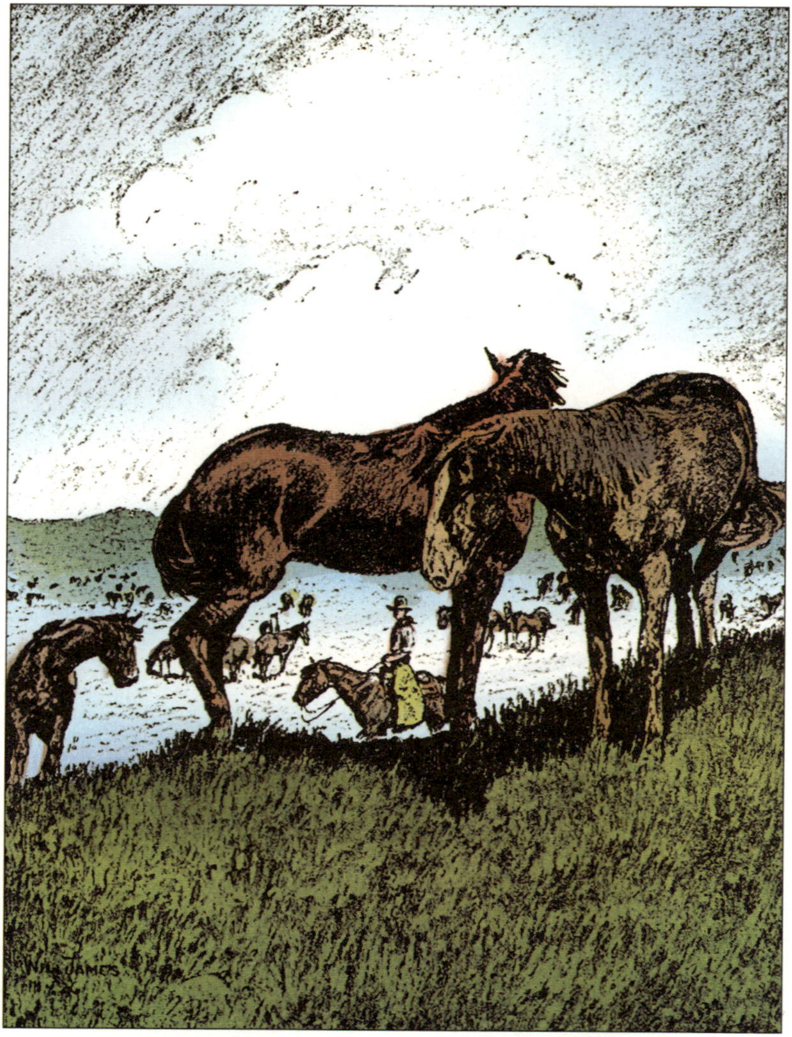
JAMES

跟他们一起走,但有什么东西让他停住了脚步。就在这时,马群中传出了一声呼唤,这让斯摩奇下定了最后的决心。他迈开步子,朝着马群大步奔跑起来,有一头贪玩的小马正等待着,咬了咬他的肚子,两匹马并肩赶上了马群——斯摩奇又活过来了。

克林特坐在马背上,目送着马群远去,消失在了山脊的另一侧。他最后看了一眼斯摩奇残存的背影,露出了苦涩的微笑,朝着斯摩奇远去的方向,他喃喃地说道:"不知道他会不会记起我。"

嫩绿的草每天都能拔高一英寸,天气这么好,克林特也渐渐不再担心斯摩奇的身体了。他手头的活逐渐多了起来,顾不上天天往外面跑了。

这天一早,天已大亮,克林特提着水桶正准备出门,太阳将一个身影投到了门口,他抬起头来,听到了一声嘶鸣。

所闻所见令克林特滑落了手中的水桶,离他不远处,那灰褐色马,光滑的身子在阳光下闪闪发光。回应着牛仔的爱和原野的召唤,斯摩奇重生了,完完整整、毫发无伤地站在他的面前。

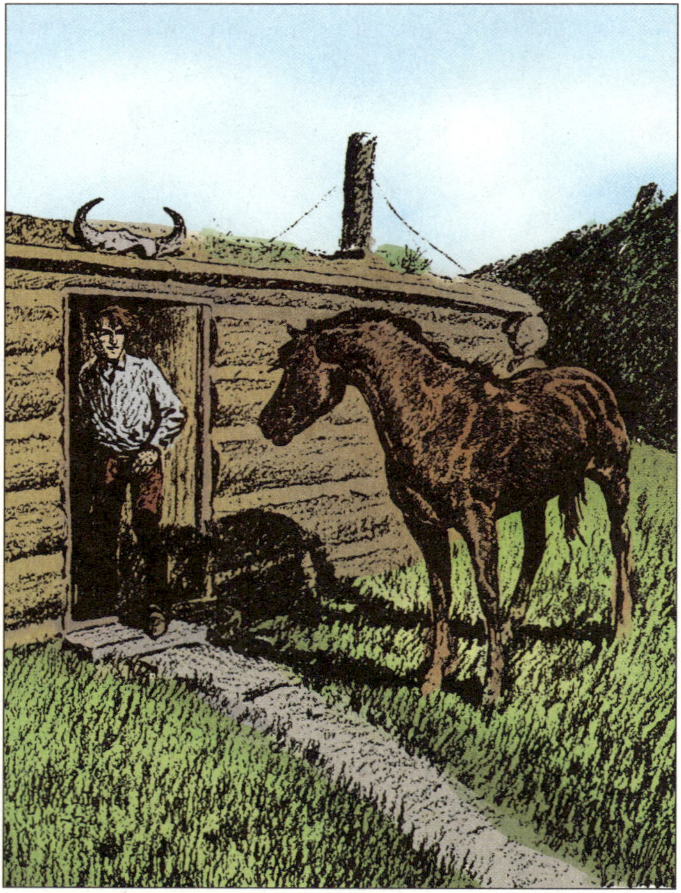